La collection
ROMANICHELS POCHE
est dirigée par
André Vanasse

Dans la même collection

Aude, *Banc de brume ou L'histoire de la petite fille que l'on croyait partie avec l'eau du bain.*

Aude, *Cet imperceptible mouvement.*

Aude, *La chaise au fond de l'œil.*

Aude, *L'enfant migrateur.*

Noël Audet, *Frontières ou Tableaux d'Amérique.*

Yves Boisvert, *Aimez-moi.*

André Brochu, *La Grande Langue. Éloge de l'anglais.*

Brigitte Caron, *La fin de siècle comme si vous y étiez (moi, j'y étais).*

Claire Dé, *Le désir comme catastrophe naturelle.*

Jean Désy, *Du fond de ma cabane. Éloge de la forêt et du sacré.*

Louise Dupré, *La memoria.*

Louis Hamelin, *La rage.*

Louis Hamelin, *Ces spectres agités.*

Louis Hamelin, *Cowboy.*

Julie Hivon, *Ce qu'il en reste.*

Louis-Philippe Hébert, *La manufacture de machines.*

Sergio Kokis, *Errances.*

Sergio Kokis, *La gare.*

Sergio Kokis, *Negão et Doralice.*

Sergio Kokis, *Le pavillon des miroirs.*

Micheline La France, *Le visage d'Antoine Rivière.*

Daniel Pigeon, *La proie des autres.*

Hélène Rioux, *Chambre avec baignoire.*

Régine Robin, *L'immense fatigue des pierres.*

Régine Robin, *La Québécoite.*

Jean-Paul Roger, *L'inévitable.*

Bruno Roy, *Les calepins de Julien.*

Jocelyne Saucier, *Les héritiers de la mine.*

Denis Thériault, *L'iguane.*

Adrien Thério, *Conteurs canadiens-français (1936-1967).*

Pierre Tourangeau, *Larry Volt.*

France Vézina, *Osther, le chat criblé d'étoiles.*

Le facteur émotif

Du même auteur

L'iguane, Montréal, XYZ éditeur, coll. « Romanichels »,
2001.

– Prix France-Québec Jean-Hamelin 2001
– Prix Anne-Hébert 2002
– Prix Odyssée 2002

Le facteur émotif, Montréal, XYZ éditeur, coll. « Romanichels », 2005.

Denis Thériault

Le facteur émotif

roman

XYZ
éditeur

Romanichels poche

Catalogage avant publication de Bibliothèque et Archives Canada

Thériault, Denis, 1959-

    Le facteur émotif : roman

    (Romanichels poche)
    Publ. à l'origine dans la coll. : Romanichels. 2005.

    ISBN 978-2-89261-483-1

    I. Titre. II. Collection.

PS8589.H426F32 2007   C843'.6   C2006-942237-0
PS9589.H426F32 2007

La publication de cet ouvrage a été rendue possible grâce à l'aide financière du ministère du Patrimoine canadien par l'entremise du Programme d'aide au développement de l'industrie de l'édition (PADIÉ), du Conseil des Arts du Canada (CAC), du ministère de la Culture et des Communications du Québec (MCCQ) et de la Société de développement des entreprises culturelles (SODEC).

© 2005
XYZ éditeur
1781, rue Saint-Hubert
Montréal (Québec)
H2L 3Z1
Téléphone : 514.525.21.70
Télécopieur : 514.525.75.37
Courriel : info@xyzedit.qc.ca
Site Internet : www.xyzedit.qc.ca

et

Denis Thériault

Dépôt légal : 1er trimestre 2007
Bibliothèque et Archives Canada
Bibliothèque et Archives nationales du Québec

Distribution en librairie :

Au Canada :   En Europe :
Dimedia inc.   D.E.Q.
539, boulevard Lebeau   30, rue Gay-Lussac
Ville Saint-Laurent (Québec)   75005 Paris, France
H4N 1S2   Téléphone : 1.43.54.49.02
Téléphone : 514.336.39.41   Télécopieur : 1.43.54.39.15
Télécopieur : 514.331.39.16   Courriel : liquebec@noos.fr
Courriel : general@dimedia.qc.ca
Droits internationaux :   André Vanasse, 514.525.21.70, poste 25
                                andre.vanasse@xyzedit.qc.ca

Conception typographique et montage : Édiscript enr.
Maquette de la couverture : Zirval Design
Photographie de l'auteur : Hélène Cummings
Illustration de la couverture : Henri Rousseau, *La charmeuse de serpent*, 1907

À Louise et Guy

Un

Tourbillonnant comme l'eau
contre le rocher
le temps fait des boucles

La rue des Hêtres était surtout plantée d'érables. Elle présentait au regard une double rangée d'immeubles à logements de trois ou quatre étages auxquels on accédait par des escaliers extérieurs. Ces escaliers, la rue en alignait cent quinze, pour un total de mille quatre cent quatre-vingt-quinze marches. Bilodo le savait car il les avait comptées et recomptées, ces marches, car il les gravissait chaque matin, ces escaliers, l'un après l'autre. Mille quatre cent quatre-vingt-quinze marches d'une hauteur moyenne de vingt centimètres, pour un total de deux cent quatre-vingt-dix-neuf mètres. Plus d'une fois et demie l'altitude de Place-Ville-Marie. C'était en fait l'équivalent de la tour Eiffel qu'il se tapait ainsi jour après jour, beau temps mauvais temps, sans compter qu'il fallait aussi redescendre. Pour Bilodo, ce marathon vertical n'avait rien d'un exploit. C'était plutôt un défi quotidien sans lequel sa vie lui aurait paru plate. Se considérant comme une sorte d'athlète, il ressentait des affinités particulières avec les marcheurs de fond, ces fiers spécialistes de la longue distance, et se prenait parfois à regretter qu'il n'existât pas, parmi toutes les admirables disciplines de l'effort soutenu, une catégorie spéciale pour les grimpeurs d'escaliers. Il aurait sans doute fait bonne figure au 1 500 marches ou au 250 mètres montée-descente. S'il y avait eu aux Jeux olympiques une épreuve d'escalade des degrés, Bilodo aurait eu d'excellentes chances de se qualifier, et peut-être même de franchir cette marche ultime et glorieuse, la plus haute du podium.

En attendant, il était facteur.

Il avait vingt-sept ans.

❏

Bilodo parcourait le même circuit postal depuis cinq ans dans Saint-Janvier-des-Âmes, quartier populaire au cœur duquel il avait d'ailleurs déménagé pour se rapprocher de son travail. Durant toutes ces années de loyaux services, il n'avait manqué qu'une seule journée d'ouvrage afin d'assister aux funérailles de ses parents décédés dans un accident de funiculaire à Québec. On pouvait le qualifier d'employé assidu.

Le matin, au Centre postal, il commençait par trier son courrier du jour. Il s'agissait de classer chaque enveloppe ou colis dans l'ordre de sa distribution, et d'en faire des paquets qu'un préposé en camionnette irait déposer d'avance dans des boîtes blindées tout au long du parcours. Cette tâche fastidieuse, Bilodo savait l'accomplir avec une rare diligence. Il avait une méthode de classement personnelle qui s'inspirait à la fois de la technique de distribution des cartes du croupier et de celle du lanceur de couteaux : telles des lames catapultées avec une mortelle précision, les enveloppes quittaient sa main et filaient vers la cible, allant s'insérer dans les casiers appropriés. Il manquait rarement son coup. Cette habileté singulière lui permettait de finir bien avant les autres, et c'était tant mieux, car ensuite il pouvait s'évader. Sortir, prendre le large, s'abreuver de grand air et goûter le parfum d'un *nouveau jour*, marcher dans le matin sans personne pour vous dicter votre conduite, Bilodo ne connaissait rien de plus exaltant.

Certes, tout n'était pas rose. Il y avait les maudites circulaires qu'il fallait distribuer, les maux de dos, foulures et autres blessures ordinaires ; il y avait les canicules d'été, écrasantes, les pluies d'automne qui vous transperçaient, le verglas en hiver qui transformait la ville en une périlleuse galerie de glace, et le froid qui pouvait être mordant, tout comme les chiens d'ailleurs, ces ennemis naturels, mais la satisfaction morale de se savoir indis-pensable à la collectivité compensait ces inconvénients. Bilodo avait le sentiment de participer à la vie du quartier, d'y jouer un rôle discret mais essentiel ; livrer le courrier était pour lui une mission qu'il accomplissait consciencieusement, sachant contribuer ainsi au maintien du bon ordre de l'univers. Il n'aurait voulu changer de place avec personne au monde. Sauf peut-être avec un autre facteur.

❏

Bilodo dînait ordinairement au Madelinot, un restaurant situé non loin du Centre de tri, et, après le dessert, il prenait un moment pour s'adonner à la calligraphie, cet art de la belle écriture qu'il pratiquait en amateur. Sortant son cahier d'exercices et ses plumes, il s'installait sur le comptoir et transcrivait quelques mots d'un journal ou un extrait du menu, se laissant obnubiler par les évolutions chorégraphiques de la pointe sur le papier, valsant parmi les pleins et les déliés de l'anglaise, voltant avec l'onciale opulente ou ferraillant avec la gothique, se prenant volontiers pour l'un de ces braves moines copistes médiévaux n'ayant vécu que d'encre et d'eau fraîche, s'y brisant la vue, s'y gelant les doigts, mais s'y réchauffant assurément l'âme. Aux Postes, les collègues de Bilodo n'y comprenaient rien. Venant dîner au Madelinot en bande bruyante, ils raillaient ses efforts calligraphiques et les qualifiaient de gribouillis. Bilodo ne s'en formalisait pas car ils étaient ses amis et n'étaient coupables, au fond, que d'ignorance ; à moins d'être un adepte éclairé et fervent comme lui, comment pouvait-on goûter la subtile beauté d'un trait, le délicat équilibre des proportions régissant la ligne d'écriture bien faite ? La seule qui semblait capable d'apprécier, c'était Tania, la serveuse, toujours gentille, qui paraissait s'intéresser sincèrement à ses travaux et disait qu'elle trouvait ça beau. Une jeune femme sensible, à n'en pas douter. Bilodo l'aimait bien. Il lui laissait toujours un gros pourboire. S'il avait été un peu plus attentif, il aurait pu remarquer qu'elle l'observait souvent de son coin près de la caisse et qu'au moment du dessert, c'était toujours devant lui qu'elle déposait la plus grosse part de tarte, mais il ne s'en rendait pas compte. Ou préférait-il ne pas le voir ?

Bilodo ne regardait plus les autres femmes depuis que Ségolène était entrée dans sa vie.

❏

Bilodo vivait au neuvième étage d'une tour, dans un trois-pièces décoré d'affiches de films qu'il partageait avec Bill, son poisson rouge. En soirée, il jouait au Halo 2 ou au Dungeon Keeper, puis soupait de mets préparés en écoutant la télé. Il ne sortait guère. Seulement un vendredi de temps en temps, quand Robert se faisait trop insistant. Robert, un collègue des Postes, était préposé à la levée du courrier, et aussi son meilleur ami. Robert sortait souvent, lui, presque chaque soir, mais Bilodo acceptait rarement de l'accompagner, car il n'aimait guère ces boîtes enfumées, ces raves étourdissantes et ces clubs de danseuses nues où son ami l'entraînait. Il préférait rester chez lui, loin de l'agitation du monde et des postérieurs féminins, et plus que jamais depuis que Ségolène était entrée dans sa vie.

De toute façon, il avait mieux à faire de ses soirées. Bilodo était fort occupé, le soir, chez lui. Après la télé et la vaisselle, il verrouillait la porte et se livrait à son vice secret.

Deux

Bilodo n'était pas un facteur comme les autres.

Parmi les milliers de paperasses sans âme qu'il distribuait dans ses tournées, il lui arrivait de tomber sur une lettre personnelle, objet de plus en plus exceptionnel en cette ère du courrier électronique et d'autant plus fascinant à cause de cette rareté même. Bilodo éprouvait alors une émotion analogue à celle de l'orpailleur trouvant une pépite dans son tamis. Cette lettre, il ne la livrait pas. Pas tout de suite. Il l'emportait chez lui et l'ouvrait à la vapeur. Voilà ce qui l'occupait tant, le soir, dans le secret de son foyer.

Bilodo était un facteur indiscret.

Du courrier personnel, il n'en recevait jamais. Il aurait bien aimé, mais n'avait personne d'assez intime avec qui correspondre. À une époque, il s'était envoyé des lettres à lui-même, mais l'expérience l'avait déçu. Il avait cessé de s'écrire peu à peu, et ça ne lui manquait guère ; il ne s'ennuyait pas de lui. Autrement fascinantes étaient les lettres d'autrui. De vraies lettres, écrites par de vraies personnes qui préféraient à la reptilienne froideur du clavier et à l'instantanéité d'Internet le sensuel acte d'écrire à la main, la délicieuse langueur de l'attente, des gens dont c'était le choix délibéré et dont on devinait dans certains cas qu'il s'agissait d'une question de principe, d'une prise de position en faveur d'un mode de vie moins déterminé par la course contre le temps et l'obligation de performer.

Il y avait ces lettres comiques que Doris T., de Maria en Gaspésie, écrivait à sa sœur Gwendoline afin de lui rapporter les ragots locaux, et celles poignantes que Richard L., détenu au pénitencier de Port-Cartier, adressait à son jeune fils Hugo. Il y avait ces longues épîtres mystiques que sœur Régine, de la congrégation du Saint-Rosaire de Rimouski, faisait parvenir à sa vieille amie Germaine, et ces petits contes érotiques que Laetitia D., une jeune infirmière temporairement exilée au Yukon, rédigeait à l'intention de son fiancé esseulé, et aussi ces étranges missives dans lesquelles un mystérieux O. conseillait un certain N. sur la manière sécuritaire d'invoquer différentes créatures surnaturelles. Il y avait de tout et de partout : lettres de parents proches et de correspondants lointains, de dégustateurs de bière échangeant leurs notes, de globe-trotters écrivant à leurs mères, de chauffeurs de locomotives retraités inventoriant leurs bobos ; il y avait ces lettres un peu trop rassurantes que des militaires expédiaient d'Afghanistan à leurs épouses angoissées, ces mots inquiets que des oncles écrivaient à leurs nièces à propos de secrets qu'il ne fallait révéler pour rien au monde, ces avis de rupture que des acrobates de cirque adressaient de Las Vegas à leurs anciens amants, et même des lettres de haine bourrées d'injures qui débordaient jusque sur l'enveloppe, mais surtout il y avait des lettres d'amour. Car même au delà de la Saint-Valentin, l'amour restait le plus commun des dénominateurs, le sujet qui ralliait la majorité des plumes. L'amour décliné à tous les temps et sur tous les tons, servi à toutes les sauces sous forme de lettres enflammées ou courtoises, tantôt coquines tantôt chastes, sereines ou dramatiques, violentes parfois, souvent lyriques, d'autant plus émouvantes lorsque les sentiments s'y exprimaient en termes simples, mais jamais tant que quand ils se dissimulaient entre les lignes, derrière l'écran de mots anodins, se consumant en filigrane.

Après avoir lu et relu la lettre du jour, après l'avoir dégustée jusqu'aux moelles, Bilodo en faisait une photocopie pour ses archives, qu'il rangeait dans le dossier de couleur correspondante, puis dans un classeur à l'épreuve du feu. La lettre originale, il la scellait adroitement dans son enveloppe et la déposait le lendemain dans la boîte de son destinataire comme si de rien n'était. Il se livrait à cette activité clandestine depuis deux ans. C'était un crime, il en était conscient, mais la culpabilité n'était qu'un spectre falot auprès de la curiosité souveraine. Après tout, personne n'en souffrait, et lui-même ne risquait pas grand-chose à condition de rester prudent. Qui allait s'inquiéter d'un retard de vingt-quatre heures dans la livraison d'une lettre ? Et pour commencer, qui pouvait savoir qu'il y avait retard ?

❏

Bilodo interceptait ainsi une trentaine de correspondances qui toutes ensemble formaient une sorte de téléroman aux intrigues multiples. Ou plutôt la demie d'un téléroman, dont l'autre moitié, celle du « courrier sortant », lui était malheureusement inaccessible. Mais cette autre part, il se plaisait à l'imaginer, rédigeant des réponses élaborées qu'il n'expédiait jamais et s'étonnant souvent de constater, lorsqu'une nouvelle lettre arrivait, avec quel naturel elle s'enchaînait à sa propre réponse occulte.

C'était ainsi. Bilodo vivait par procuration. À la fadeur de l'existence réelle, il préférait son feuilleton intérieur tellement plus haut en couleur et riche en émotions, et de toutes les lettres clandestines qui constituaient ce petit monde virtuel si passionnant, nulles ne le mobilisaient ni ne l'émerveillaient davantage que celles de Ségolène.

Trois

Ségolène vivait à Pointe-à-Pitre, en Guadeloupe, et elle écrivait régulièrement à un certain Gaston Grandpré qui habitait rue des Hêtres. Il y avait deux ans que Bilodo interceptait ses lettres, et lorsqu'il en trouvait une en classant son courrier, il éprouvait toujours le même ébranlement, le même frisson sacré. Cette lettre, il la glissait discrètement dans sa veste, et ce n'était qu'une fois seul sur la route qu'il se permettait d'extérioriser quelque émotion, tournant et retournant l'enveloppe, en palpant l'excitante promesse. Il aurait pu l'ouvrir immédiatement et se repaître des mots qu'elle recelait, mais il préférait attendre ; ne s'accordant que le plaisir fugitif de humer l'effluve d'orange qui en émanait, il la remettait bravement dans sa poche et, toute la journée, il la gardait contre son cœur, résistant à la tentation, allongeant le plaisir jusqu'au soir, jusqu'après la vaisselle. Alors venait le moment. Il faisait brûler quelques gouttes d'essence d'agrumes, allumait des bougies, mettait un disque planant de jazz norvégien puis, enfin, il décachetait l'enveloppe, pénétrait délicatement l'intimité du pli et lisait :

Telle une loutre enjouée
le bébé naissant
nage sous l'eau claire

Bilodo pouvait le voir. Il le voyait clairement, ce bébé tout nu dans l'aqueuse luminescence de la piscine post-natale, qui nageait vers lui comme vers sa mère, comme vers les bras tendus d'une sirène qui serait sa mère, et qui le regardait avec des yeux très bleus de salamandre éberluée, ignorant qu'il ne savait pas nager, n'ayant pas encore désappris, ne se doutant pas que c'était dangereux, l'eau, que c'était un élément étranger, qu'on pouvait s'y noyer, ne sachant rien de tout ça et se contentant de bouger, de suivre son instinct, de garder la bouche fermée et de nager tout simplement. Bilodo le voyait très bien, ce jeune pinnipède, ce drôle de gnome sous-marin aux traits plissés par trop de jeune âge et aux narines ornées de bulles qui se coulait dans l'onde voluptueuse, et il riait car c'était inattendu, car c'était drôle, touchant. Et il croyait flotter aussi, il entendait l'eau bourdonner contre ses tympans, il avait l'impression d'être dans cette piscine en compagnie du bébé car telle était la vertu du petit poème, car tel était le pouvoir d'évocation de tous ces étranges petits poèmes qu'écrivait Ségolène : ils faisaient sentir des choses, ils vous les faisaient voir.

Les lettres de la Guadeloupéenne ne contenaient rien d'autre. Toujours un seul feuillet sur lequel était écrit un seul poème. C'était peu, et pourtant c'était généreux, car ils vous nourrissaient autant que tout un roman, ces poèmes, ils étaient longs dans l'âme, n'en finissaient plus d'y vibrer. Bilodo les apprenait par cœur et se les redisait en marchant le matin. Il les conservait précieusement dans le premier tiroir de sa table de chevet, et le soir il aimait les étaler autour de lui, formant une sorte de cercle mystique et les relisant l'un après l'autre...

Lent courant du ciel
la débâcle des nuages
icebergs égarés

Délaissant sa harpe
l'araignée fait le grand saut
reine du bungee

Coups de marteau dans la rue
on cloue les volets
le cyclone approche

Au large la nuit
le requin bâille distrait
croque un poisson-lune

Elles dansent les coupes
tanguent sur la nappe
que gonfle un souffle d'été

Les poèmes de Ségolène, si différents l'un de l'autre et cependant identiques par la forme puisqu'ils étaient toujours composés de trois vers : deux de cinq syllabes et un de sept, pour un total de dix-sept syllabes, ni plus ni moins. Toujours cette même structure mystérieuse, comme s'il s'agissait d'un code. Pressentant que cette constance devait avoir une finalité précise, Bilodo s'était interrogé jusqu'au jour où, par hasard, après des mois de vagues suppositions, il avait enfin découvert de quoi il retournait. C'était un samedi matin, alors qu'il petit-déjeunait au Madelinot en lisant le cahier « Divertissement » d'un journal : au haut d'une page, la vision inattendue de trois lignes écrites qui semblaient former un bref poème l'avait fait s'étouffer avec son café. Comptant bien deux vers de cinq syllabes et un de sept, le poème, par ailleurs décevant, se contentait de commenter ironiquement l'actualité ; rien à voir avec ces vivantes parcelles d'éternité que créait Ségolène, mais le titre de la rubrique était cependant révélateur : LE HAÏKU DU SAMEDI.

Se précipitant chez lui, Bilodo avait épluché son dictionnaire, et trouvé le mot :

HAÏKU ('aiku) ou HAIKAI ('aikai) *n. m.* **(1922 ; mot
jap.). — Poème classique japonais de trois vers dont
le premier et le troisième sont pentasyllabiques, le
deuxième heptasyllabique.**

C'était donc ça. Voilà ce qu'étaient les poèmes de la
Guadeloupéenne. Par la suite, à la bibliothèque, Bilodo
avait pu consulter maints ouvrages contenant des haïkus,
livres traduits du japonais et regroupant des auteurs aux
noms aussi familiers que Matsuo Bashô, Taneda Santôka,
Nagata Kôi et Kobayashi Issa, mais aucun des poèmes de
ceux-ci ne produisait l'effet de ceux de Ségolène : nul ne
le transportait aussi loin ni ne lui faisait voir et sentir les
choses avec autant d'acuité.

Sans doute la calligraphie de Ségolène contribuait-elle
beaucoup à cette magie particulière, car elle s'exprimait
dans une anglaise plus fine, plus gracieuse que tout ce que
Bilodo avait jamais eu le bonheur d'admirer. C'était une
écriture riche et imaginative, aux jambages profonds et
aux célestes ascendantes ornées de boucles opulentes et de
gouttes précises, une écriture aisée et franche, admirable-
ment proportionnée avec sa parfaite inclinaison de trente
degrés et son entrelettrage sans faille. L'écriture de
Ségolène, c'était un parfum pour l'œil, un élixir, une ode,
c'était une symphonie graphique, une apothéose, c'était
beau à pleurer. Ayant lu quelque part que l'écriture était
le reflet de l'âme, Bilodo concluait volontiers que celle de
Ségolène devait être d'une pureté sans pareille. Si les
anges écrivaient, c'était assurément ainsi.

Quatre

Bilodo savait que Ségolène était institutrice à Pointe-à-Pitre, et il savait aussi qu'elle était belle. Il savait cela grâce à une photo qu'elle avait expédiée à Grandpré, vraisemblablement en échange d'une des siennes car il y avait ce mot écrit au verso : « Charmée d'avoir fait votre connaissance photographique. Me voici à mon tour avec mes élèves. » Sur la photo, on la voyait entourée d'une bande d'écoliers souriants, mais seul son sourire à elle comptait aux yeux de Bilodo, et son regard d'émeraude se fracassait au fond du sien comme une vague contre la falaise, s'y répercutait comme un écho. Cette photo, il l'avait numérisée, reproduite et posée dans un cadre sur sa table de chevet au-dessus du tiroir où il gardait ses haïkus. Ainsi, il pouvait contempler Ségolène chaque soir avant de s'endormir, puis rêver d'elle, de son sourire, de son regard, et de tous les autres prodiges de sa personne, et de promenades romantiques au bord de la mer en sa compagnie avec Marie-Galante qui se profilait dans le crépuscule et le ciel qui charriait des torrents de nuages orangés et le vent qui frayait dans leurs cheveux, à moins que l'univers des haïkus ne se mêlât à son délire onirique et qu'il rêvât plutôt qu'il sautait en bungee avec elle, qu'ils chutaient ensemble au bout d'un élastique interminable, puis plongeaient dans un océan parfumé et se coulaient entre les coraux parmi des poissons-lunes et des bébés amphibies, des squales perplexes.

❏

Bilodo était amoureux comme jamais il n'aurait pu concevoir qu'on puisse l'être. L'empire que Ségolène avait pris sur son âme était si vaste que parfois il s'en inquiétait, craignant de ne plus s'appartenir, mais l'alchimique lecture de quelques haïkus transmuait vite son angoisse en béatitude, et alors il remerciait la vie de le favoriser ainsi, d'avoir mis la belle Guadeloupéenne sur sa route. La seule ombre à son bonheur était cette jalousie qu'il sentait poindre lorsqu'il se rappelait que les lettres de Ségolène s'adressaient en réalité à un autre. Après la lecture d'un nouveau poème, ce n'était jamais sans ressentir la morsure de l'envie qu'il refermait l'enveloppe et qu'il la glissait le lendemain dans la fente aux lettres chez ce type, Gaston Grandpré, son rival. Comment avait-il connu Ségolène ? Qu'était-il pour elle ? Le mot au dos de la photo et la teneur générale des poèmes ne suggéraient rien de plus que de l'amitié, ce qui réconfortait quelque peu Bilodo, mais c'était tout de même à Grandpré qu'étaient destinées les lettres, l'heureux homme. Bilodo pouvait parfois l'entrevoir sur le pas de sa porte, barbu et échevelé, négligé de sa personne, toujours vêtu d'une extravagante robe de chambre rouge, ayant perpétuellement l'air d'avoir passé la nuit sur la corde à linge. Un hurluberlu aux allures de savant fou. Un drôle d'oiseau dépenaillé. Comment réagissait-il lorsqu'il trouvait sur son paillasson une nouvelle lettre d'elle ? S'empressait-il de s'abreuver à l'oasis de ses mots ? Connaissait-il la même ivresse ? Les poèmes de Ségolène lui faisaient-ils voir des choses aussi ? les mêmes que Bilodo ? Et que lui répondait-il dans ses propres lettres ?

L'après-midi, lorsque Bilodo repassait devant le Madelinot en rentrant chez lui, il voyait parfois Grandpré à l'intérieur, sirotant un café et griffonnant sur un bloc avec un air inspiré. Composait-il des poèmes ? Bilodo aurait donné cher pour pouvoir en faire autant. Il aurait aimé pouvoir répondre aux lettres de Ségolène comme il le faisait d'habitude à celles de ses autres correspondants involontaires, mais s'en sentait incapable. Comment en effet répliquer à ses adorables haïkus sinon par d'autres aussi bellement ciselés ? Et comment Bilodo aurait-il pu y parvenir, lui que le seul mot « poésie » intimidait ? Un simple facteur pouvait-il s'improviser poète ? Attendait-on d'une autruche qu'elle se mette à jouer du banjo ? Un escargot faisait-il de la bicyclette ? Il avait bien essayé deux ou trois fois au début, produisant quelques pitoyables semblants de vers, mais la honte s'était emparée de lui, et il n'avait jamais osé récidiver, craignant de porter atteinte au principe même de la Poésie, et de souiller par ricochet l'œuvre sacrée de Ségolène. Grandpré avait-il ce don rare ? Écrivait-il des haïkus ?

Se rendait-il compte au moins de la chance qu'il avait ? Éprouvait-il seulement le quart de ce que Bilodo ressentait pour Ségolène ? seulement le dixième ?

❏

Au culte que Bilodo vouait à Ségolène se trouvait associée une puissante fascination pour le pays béni qui l'avait vue naître, l'écrin naturel au cœur duquel elle resplendissait. Il faisait de fréquentes razzias dans les rayons « Voyage » des librairies et passait des heures sur Internet à ingurgiter tout ce qui se rapportait à la Guadeloupe : la géologie de l'archipel, les recettes de cuisine locales, la tradition musicale et la fabrication du rhum, l'histoire, les techniques de pêche, la botanique, l'architecture, rien n'échappait à sa voracité. Bilodo devenait peu à peu un spécialiste de l'« île papillon », lui qui n'y avait jamais mis les pieds. Il aurait certes pu aller là-bas, y voyager et voir la Guadeloupe de ses yeux, mais ne l'avait jamais envisagé sérieusement, car cette idée insécurisait l'incurable sédentaire qu'il était. Bilodo ne désirait pas visiter physiquement la Guadeloupe : il voulait seulement pouvoir se l'imaginer de manière détaillée afin d'alimenter ses rêves et de les situer dans un paysage réaliste apte à mettre Ségolène en valeur. Ainsi pouvait-il fantasmer d'elle en haute définition, avec toute la technologie mentale nécessaire.

Il rêvait d'elle roulant à bicyclette sur l'allée Dumanoir que bordaient orgueilleusement les palmiers royaux. Il rêvait d'elle se promenant sur la Darse, l'après-midi au sortir du lycée, allant faire ses courses au marché Saint-Antoine, déambulant sous la grande halle parmi les étals multicolores où s'entassaient figues-pommes et ignames, patates douces et piments forts, ananas, madère, malangas et caramboles — sans oublier les épices, cannelle, colombo, safran, vanille, bois d'Inde et curry dont les odeurs emmêlées aiguillonnaient les sens — sans oublier les punchs et les sirops, les friandises et la vannerie, les fleurs, les perruches et les balais — sans oublier les potions, eaux de délivrance et de fidélité, de finance ou d'amour sans fin, et autres philtres magiques destinés à guérir tous les maux du monde. Chaque nuit il rêvait d'elle, et le décor de ces films oniriques où Ségolène tenait le premier rôle, c'était la Guadeloupe tout entière avec ses routes sinueuses et ses champs de canne à sucre, ses jungles aux sentes escarpées plantées de fougères géantes et constellées d'orchidées, ses monts aux tempes vertes et aux fronts embrumés, aux joues moussues desquels pendaient des chapelets de chutes et de cascades. C'était la Soufrière qui culminait, endormie mais toujours menaçante, et les villages lumineux aux toits de tôle rouge, aux cimetières plantés de tombes à damiers décorées de coquillages, c'était le carnaval, la musique, les joueurs de gwoka, les diablesses tout de rouge vêtues et autres danseurs aux costumes bigarrés se trémoussant au rythme des tambours bolas tandis que coulait le rhum. C'était les goyaves, les palétuviers et les mangroves, les îlots et les îles, les raies mantas planant à fleur d'eau, la dentelle des coraux, les rougets, les mérous et les poissons volants, les pêcheurs saintois coiffés de *salakos* et réparant leurs filets, les côtes de calcaire déchiquetées au nord de Basse-Terre que punissait l'océan, puis tout à coup les anses au calme surprenant, les plages blondes, et Ségolène qui se baignait dans les rouleaux d'une mer turquoise comme ses yeux, et le soleil qui s'empressait de la reconquérir dès qu'elle en sortait, nouvelle Vénus, qu'elle regagnait la plage et la foulait d'un pas souple, nue mais pourtant pudique alors que l'eau perlait à ses seins, ruisselait sur l'or duveteux de son ventre.

Bilodo rêvait et ne désirait rien d'autre; il ne voulait que continuer ainsi, que savourer encore les songes éblouissants et les visions extatiques que lui procuraient les mots de Ségolène. Tout ce qu'il souhaitait, c'était que perdure l'agréable *statu quo*, que rien ne vienne troubler sa bienheureuse quiétude. Et il en fut ainsi jusqu'au jour fatidique où se produisit l'accident.

Cinq

C'était un matin orageux de la fin d'août. Le ciel pesait et tonnait au loin sans se décider à pleuvoir ce qu'il avait sur le cœur, mais cela ne perturbait aucunement Bilodo qui avait foi en l'étanchéité de son robuste imperméable de service. D'un pas dont nulle grisaille n'aurait su entamer la résolution, il arpentait la rue des Hêtres, affrontant un escalier après l'autre, lorsqu'il tomba sur son ami Robert qui était occupé à transférer dans sa camionnette le contenu d'une boîte postale. Une telle rencontre était rare, car l'heure de levée de ladite boîte précédait celle où Bilodo passait habituellement par là, et Robert expliqua qu'il s'était réveillé en retard, après une nuit tumultueuse avec une certaine Brenda, fille de rêve rencontrée dans un bar. Les salutations étant faites et autres marques de camaraderie manifestées, Bilodo voulut poursuivre sa route, mais Robert le retint, ayant encore beaucoup à raconter à propos de sa flamme toute fraîche, et proposant à Bilodo une rencontre à quatre, le soir même, avec Brenda et l'une de ses copines au vaste potentiel érotique. Bilodo soupira, car l'insistance que Robert mettait à lui trouver une blonde l'ennuyait. Le préposé réprouvait son interminable célibat, situation qu'il jugeait antihygiénique, et l'avait ironiquement surnommé «Libido». S'arrogeant le rôle d'entremetteur, Robert s'efforçait d'accoupler Bilodo à tout ce qui bougeait, l'inscrivant à son insu dans des agences de rencontres électroniques et publiant en son nom des annonces crues avec son numéro de téléphone dans les pages roses des journaux in. Tout cela contrariait Bilodo, qui n'osait plus répondre quand ça sonnait, et dont la boîte vocale était constamment congestionnée, mais il n'arrivait pas à en vouloir à Robert, car il savait que de telles initiatives partaient d'un bon sentiment. N'était-ce pas dans le but de l'aider que le préposé se donnait tant de mal ? Comme toujours, Robert en faisait trop, c'était typique de son caractère, mais ne restait-il pas malgré tout le meilleur ami qu'il eût au monde ? Bilodo s'efforçait de l'aimer tel qu'il était, avec sa vulgarité, son égoïsme, son hypocrisie, son opportunisme, sa mythomanie et sa mauvaise haleine. Mais tout disposé qu'il fût à pardonner à Robert les menus défauts de son caractère, il n'en détestait pas moins ce genre de partouze à l'aveugle à laquelle on prétendait le convier. Robert n'étant pas du genre à accepter facilement un refus, il lui fallait inventer très vite un prétexte valable, une excuse qui ne parût pas trop mauvaise, et c'était ce à quoi il s'employait lorsque l'orage éclata.

❏

Il y eut ce coup de tonnerre qui craqua sur leurs têtes comme l'ouverture d'un monstrueux sac de chips, et le ciel se fendit. Une pluie torrentielle se mit à tomber, limitant la visibilité à quelques mètres. Robert se dépêcha de balancer son sac dans la camionnette et invita Bilodo à s'y abriter. Estimant en effet qu'il valait mieux laisser passer l'orage, le facteur accepta, contourna le véhicule. C'est alors qu'un cri attira son attention, provenant de l'autre côté de la rue. Se retournant, Bilodo aperçut Grandpré, le correspondant de Ségolène, l'homme à la sempiternelle robe de chambre, qui se trouvait sur son balcon du deuxième étage juste en face. Ouvrant un parapluie, Grandpré dévala les marches en brandissant une lettre qu'il voulait sans doute poster avant que Robert s'en aille. Bilodo le vit s'engager imprudemment sur la chaussée qui déjà n'était qu'une rivière en crue. Négligeant de s'assurer que la voie était libre, Grandpré courut vers eux, les hélant, les priant d'attendre, et ne vit pas venir ce camion qui arrivait trop vite, défonçant l'averse. Bilodo eut un geste, lança en direction de Grandpré un avertissement inarticulé tandis que le klaxon du camion mugissait, mais c'était trop tard ; les freins grincèrent, les roues glissèrent sur la chaussée mouillée, et il y eut ce choc mat. Le véhicule parut s'arrêter instantanément, comme si toute son énergie cinétique se trouvait transmise à Grandpré qui fut catapulté dans les airs telle une grosse poupée de chiffon, et alla s'écraser près du trottoir, dix mètres plus loin, en faisant un bruit flasque.

Les voitures s'immobilisèrent. L'univers sembla se figer. Pendant un moment, on n'entendit que le ronronnement des moteurs au ralenti, la friture de la pluie harassant le bitume et tambourinant sur les carrosseries. Grandpré n'était plus qu'un tas informe qu'on aurait pu prendre pour une brassée de linge échappée s'il n'y avait eu ces frémissements et ces spasmes horribles qui l'agitaient. Réagissant le premier, Robert s'avança. Bilodo le suivit, et ils s'agenouillèrent auprès de Grandpré qui gisait, brisé, ses membres pliés dans des angles absurdes, sa barbe broussailleuse maculée d'un sang épais que la pluie pourtant drue n'arrivait pas à diluer. Le pauvre type était conscient. Il dévisagea Robert, puis Bilodo, avec l'air abasourdi de celui qui n'arrive pas à y croire, les paupières battant comme les ailes de papillons jumeaux, le regard noyé par l'averse. Sa main droite tenait encore cette lettre qu'il avait tant voulu poster, et Bilodo vit qu'elle était adressée à Ségolène.

Dans le caniveau roulait un flot rougissant. Il n'allait pas s'en tirer. Il cherchait désespérément son souffle, et Bilodo crut que ça y était, qu'il expirait, mais Grandpré se mit alors à hoqueter bizarrement. Bilodo, éberlué, se rendit compte que le mourant riait. C'était bien un rire, rauque et vide, décoloré, spectral. Bilodo frissonna et constata qu'il n'était pas le seul : les autres témoins de la scène semblaient tout aussi déconcertés par ce rire sinistre jaillissant d'une gorge agonisante. Grandpré rit encore un peu comme à une blague douloureuse, puis il cessa, étranglé par une quinte de toux, projetant des postillons écarlates. Parvenant à tourner la tête, il considéra cette lettre ensanglantée qu'il tenait à la main, et ses doigts se crispèrent sur l'enveloppe. Grandpré ferma les yeux et serra les dents, semblant concentrer tout ce qui lui restait de force dans cette dernière expression de la volonté, ce geste ultime de tenir la lettre, et tout à coup il parla, prononça quelques mots si faibles que seuls Bilodo et Robert, qui étaient penchés sur lui, purent entendre : il murmura quelque chose d'indistinct qui sonnait comme « en dessous… ». Puis ce fut la fin, subite. Ses paupières bâillèrent et ses pupilles se dilatèrent, se vitrifièrent. Les yeux de Grandpré s'emplirent de pluie, formant des lacs minuscules, tandis que ses dernières paroles continuaient de planer entre les oreilles de Bilodo, énigmatiques. Que signifiait cet « en dessous » ? Qu'avait voulu dire le mort ? Bilodo fut effleuré par la tentation de soulever le cadavre afin de vérifier s'il y avait quelque chose dessous, puis se demanda s'il interprétait correctement les mots du défunt : en tenant compte des râlements douloureux qui les avaient accompagnés, n'était-ce pas plutôt « Grand saut » qu'il fallait comprendre, allusion à ce saut ultime dans l'inconnu, à cette imminente plongée dans l'au-delà que le moribond s'apprêtait sciemment à faire ?

Bilodo s'aperçut alors que la lettre n'était plus dans la main du mort. L'étreinte de Grandpré avait dû se relâcher au moment du trépas, et la lettre avait glissé dans le caniveau, aussitôt entraînée par le courant rapide. Bilodo la vit filer en aval entre les pieds des badauds, aspirée hors du cercle funèbre par l'eau tourbillonnante qui se précipitait vers la cascade d'une grille d'égout. Galvanisé, il se précipita, bousculant les spectateurs du drame, sachant qu'il devait rattraper cette lettre à tout prix. Il courut, se pencha, tendit la main pour l'intercepter, sentit son bras s'allonger, ses doigts s'étirer démesurément, et l'atteindre… mais une milliseconde trop tard : l'égout avala la lettre. Emporté par son élan, il trébucha et se retrouva les quatre fers en l'air dans l'eau froide. Un éclair zébra le ciel au moment même où une prise de conscience tout aussi fulgurante illuminait Bilodo : avec la disparition de cette lettre qu'avaient engloutie les entrailles du monde, c'était son seul lien avec Ségolène qui venait de se rompre.

Six

Bilodo était d'humeur funèbre lorsqu'il prit la route le lendemain, et il lui sembla que le soleil aussi était en deuil, qu'il ne dispensait qu'une froide lumière de vieux film en noir et blanc. Arrivant rue des Hêtres, il s'arrêta sur le trottoir, là où Grandpré était tombé, et fut troublé de constater qu'il ne subsistait aucune trace du drame, même pas une petite flaque de sang. La pluie avait tout lavé. Bilodo était hanté par l'image lancinante de cette lettre qu'avait ingurgitée l'égout. Il s'en voulait de n'avoir pas été plus vif. Si seulement il avait pu l'attraper, la lire et savoir au moins ce que Grandpré écrivait à Ségolène. L'aurait-il postée ensuite ? Sans doute, ne fût-ce que pour retarder l'inéluctable, mais il était vain d'y penser. Ségolène ne recevrait pas cette lettre ; elle n'y répondrait donc pas, et plus jamais Bilodo ne lirait ses poèmes. La mort de Grandpré sonnait le glas de cette précieuse correspondance qui était le sel de son existence. Y avait-il rien de plus affreux que l'impuissance ?

Peu après, parcourant la rue en sens inverse, Bilodo arriva devant la porte du défunt, et glissa dans la fente les factures et circulaires habituelles tout en sachant pertinemment que c'était inutile, que le courrier ne ferait que s'accumuler de l'autre côté jusqu'à ce qu'une éventuelle « Demande d'interruption du service » parvienne aux Postes. Méditatif, il visita en esprit cet appartement inconnu où régnait désormais le silence et stagnait le temps, où ne témoignaient du passage de Grandpré en ce monde que quelques meubles et objets, quelques vêtements suspendus aux cintres immobiles, quelques photos, quelques écrits.

❏

La mort de Grandpré ne suscita que peu d'émoi dans le quartier car on ne le connaissait guère. Au Madelinot, Tania déposa un œillet sur la table qu'il occupait ordinairement lorsqu'il venait boire un café. Ce fut tout. C'était donc ainsi qu'on passait dans la vie, constata Bilodo : fortuitement, sans créer de remous, sans que perdure le sillage, comme une hirondelle traverse le ciel, et aussi vite était-on oublié que l'écureuil écrasé par mégarde sur la route.

C'était ainsi.

❏

Rien ne paraissait avoir changé. Bilodo se levait à l'aube et allait travailler, dînait au Madelinot, puis rentrait chez lui. Sa vie semblait poursuivre un cours imperturbable, mais ce n'était qu'apparence car, sous la surface de cette mer d'huile qu'était la routine quotidienne, s'opérait un changement subtil dont il n'avait qu'à peine conscience. Ce ne fut d'abord qu'une lassitude, une humeur morose qu'il attribua au changement de saison, au raccourcissement des jours présageant l'automne, puis les symptômes d'un malaise plus profond commencèrent à se manifester : un soir, alors qu'il butinait ses bonnes vieilles correspondances clandestines, Bilodo se rendit compte que cette activité autrefois passionnante lui semblait tout à coup sans intérêt. Son téléroman préféré tombait à plat, aucune de ses intrigues ne le stimulait plus. Les drames des autres n'arrivaient plus à le fasciner. Le lendemain, au Centre de tri, il se trouva incapable de classer le courrier avec son adresse habituelle : ratant la cible une fois sur deux, il dut se résoudre à procéder de manière conventionnelle. Il prit la route avec vingt minutes de retard, espérant que l'air du matin le ravigoterait, mais sentit qu'il commençait à faiblir après seulement trois malheureux kilomètres de marche. Ce fut encore pire lorsqu'il lui fallut se mesurer aux escaliers de la rue des Hêtres : il n'en était qu'au vingt-quatrième lorsqu'il dut s'arrêter pour souffler, et ne parvint au bout de la rue qu'au prix d'un violent effort de volonté, après s'être accordé pas moins de six pauses. Que lui arrivait-il ? Couvait-il une grippe ?

Arrivant au Madelinot, il s'aperçut qu'il n'avait aucun appétit, lui qui dévorait d'habitude, et ne commanda qu'une soupe aux légumes, qu'il ne finit même pas. Renonçant à sortir son matériel de calligraphie — ça ne lui disait rien —, il poursuivit immédiatement sa tournée, espérant regagner le temps perdu. Il se trouvait dans un rare état de confusion mentale. Inattentif, préoccupé par il ne savait trop quoi, il franchit une intersection au feu rouge et passa près de se faire renverser par une voiture. Mais ce n'était échapper à Charybde que pour tomber sur Scylla et, peu après, alors qu'il déposait des circulaires dans la boîte aux lettres d'une maison, Bilodo se laissa surprendre par un chien enchaîné. Borgne, et d'ailleurs nommé Polyphème d'après l'écriteau sur sa niche, l'animal le mordit cruellement au mollet droit et ne consentit à lâcher prise qu'après que son maître, alerté par les hurlements, l'y eut forcé à coups de pelle. Voilà ce qui arrivait quand on avait les dieux contre soi.

❏

Quand l'affaire du chien fut réglée, le vaccin anti-rabique administré, et la plaie de Bilodo pansée après six heures passées à l'Urgence; quand enfin cette déplorable odyssée fut terminée, il était tard. Rentrant en taxi, Bilodo se sentait d'humeur à donner des coups de pelle, lui aussi, violente disposition que ne faisaient qu'accentuer les élancements douloureux de sa jambe. Il avait envie de se révolter, mais que pouvait-il contre la malédiction qui s'acharnait sur lui en cette affreuse journée où tout allait de travers? Arrivé chez lui, il verrouilla la porte de son cocon et boitilla de long en large dans le salon, cherchant un exutoire à sa colère, puis ouvrit l'ordinateur et entreprit de passer sa rage sur les méchants insurgés de la planète Xion. Malmenant sa console, il massacra des légions de créatures tentaculaires, atteignit le niveau supérieur du jeu, et enregistra un pointage record sans réussir à apaiser la fureur qui lui mêlait les tripes. Finalement, exténué, il alla se coucher et trouva un peu de paix dans la contemplation de la photo de Ségolène. Il pouvait imaginer la belle Guadeloupéenne ouvrant chaque matin sa boîte aux lettres dans l'espoir d'y trouver cette réponse de Grandpré qui n'arrivait pas. Il songea brièvement à lui écrire pour lui annoncer le décès de son correspondant, mais c'était évidemment impossible, car c'eût été se trahir et avouer sa coupable indiscrétion. Combien de temps Ségolène patienterait-elle avant de se résigner?

❏

Cela se passait sous l'orage, rue des Hêtres, juste après l'accident mais, à la place de Grandpré, c'était elle qui gisait sur l'asphalte mouillé, Ségolène, ensanglantée, agonisante. La jeune femme tendait vers Bilodo une main tremblante, le suppliait de ne pas l'oublier… et il s'éveilla en sursaut, pantelant et transi, ne se reconnectant que difficilement au réel, car le cauchemar persistait, lui imposant ses images morbides. Voulant chasser l'angoisse, Bilodo étala autour de lui les haïkus de Ségolène afin de former un cercle défensif contre le grouillement des ténèbres. Il commença à les lire à voix haute comme autant d'incantations protectrices, mais cela ne fit qu'accentuer son désarroi, car les mots refusaient de produire la musique attendue : aussitôt prononcés, ils étaient épongés par la nuit, et les visions réconfortantes qu'ils auraient dû susciter n'apparaissaient pas. Les haïkus se révélaient tout à coup stériles ; alignés sur leurs feuillets telles des fleurs flétries dans un herbier, ils étaient sans vie, n'exprimaient qu'un parfum suranné.

Bilodo secoua les feuillets, espérant en réactiver la magie, mais ne parvint qu'à les chiffonner. Même les mots de Ségolène le laissaient tomber. Et à cet instant, pour la première fois de sa vie, la première fois vraiment, il sentit fondre sur lui la solitude. C'était comme une vague géante le submergeant, le coulant en lui-même et l'enfonçant au plus creux de l'abysse, là où béait un gouffre monstrueux, une grille d'égout géante vers laquelle l'entraînait un irrésistible maelström tandis qu'il cherchait à quoi s'agripper, écorché jusqu'à l'âme. Étrangement lucide, Bilodo sut qu'il ne pourrait continuer d'exister sans Ségolène, qu'il ne survivrait pas, que rien n'aurait plus d'intérêt ni de sens, qu'il n'y aurait plus jamais de beauté ni de désir, que la sérénité deviendrait un concept abstrait dérivant au large des sentiments improbables, et que lui-même ne serait plus qu'une épave, un vaisseau fantôme sans propulsion ni personne à la barre qu'entraîneraient les courants amers jusqu'au jour où enfin les sargasses le ralentiraient, l'arrêteraient dans leurs filets visqueux et grimperaient à l'assaut de son bordage, finissant par si bien l'alourdir qu'il sombrerait en elles.

Épouvantable perspective. L'histoire allait-elle se terminer si bêtement ? Bilodo ne devait-il pas réagir, tenter quelque chose ? Était-il possible d'échapper au naufrage ? Y avait-il une bouée à laquelle s'accrocher, une façon de vaincre l'impuissance, un quelconque moyen de conjurer le sort et d'empêcher que Ségolène soit éjectée de sa vie ?

Ce fut alors, au moment de sa plus grande détresse, que l'idée vint à Bilodo.

❏

C'était une idée brillante, originale, si géniale, si audacieuse… que Bilodo prit peur et s'empressa de revisser le couvercle. Car elle était trop folle, cette idée, trop dangereusement absurde, beaucoup trop risquée, et sans doute impraticable de toute façon. Une idée extravagante et malsaine que seul un cinglé aurait pu considérer sérieusement, qu'il convenait de rejeter et d'oublier au plus vite de crainte qu'elle prolifère. Voulant penser à autre chose, Bilodo attrapa sa console de jeu et lança une violente attaque contre les insurgés de Xion, mais l'idée refusait de se laisser évincer, elle continuait de gratter des ongles sous la dalle, exigeait qu'on la laisse jaillir, et enfin, de guerre lasse, Bilodo se résigna à l'examiner de nouveau.

Après tout, elle n'était peut-être pas totalement insensée, cette idée. Effrayante, certes, et mentalement périlleuse, mais peut-être pas irréalisable. S'il restait une chance de renouer le fil et de retrouver le chemin menant à Ségolène, c'était sans doute celle-là. Et alors que pointait une aube blafarde, Bilodo releva la tête, comprenant qu'il n'avait pas le choix, qu'il devait au moins essayer.

Sept

L e craquement de la vitre fut étouffé par l'épaisse serviette de ratine. Tous sens tendus, Bilodo épia quelque réaction aux portes et balcons voisins, sonda les ténèbres de la ruelle en contrebas, mais rien ne bougea. Il poussa le carreau fracassé, dont les fragments tombèrent à l'intérieur. Insérant sa main dans le trou, Bilodo trouva le verrou et se dépêcha d'entrer puis de refermer derrière lui cette porte qui était celle de l'appartement de Grandpré, côté ruelle. Il était dans la place. Il avait osé.

Une odeur douceâtre piqua ses narines. Il se tenait dans la cuisine. Allumant sa lampe de poche, il s'avança, se faisant aussi léger que possible, s'efforçant de léviter au-dessus des lames craquantes du parquet. La pièce ne contenait ni table ni chaises. L'odeur provenait du comptoir, sur lequel un truc oublié se décomposait dans son emballage, du poisson peut-être. Quittant la cuisine, Bilodo s'aventura dans le couloir, dont le plancher était couvert d'un matériau moelleux, non pas une moquette mais un genre de matelas mince qui semblait tapisser également les autres pièces. Le couloir était percé de trois portes. La première révéla une chambre, la seconde, une petite salle de bain. En face s'ouvrait le salon, que divisait en deux une sorte de grand paravent. Contournant une sculpture basse et biscornue, Bilodo passa de l'autre côté de la cloison et aboutit devant un bureau, que voisinait un fauteuil à roulettes. S'étant assuré que les stores étaient clos, il prit place dans le fauteuil.

Le rayon de la lampe de poche survola le bureau, révélant un ordinateur, un calendrier, quelques bibelots, un dictionnaire, des stylos, ainsi que divers papiers. Examinant ceux-ci, Bilodo trouva immédiatement ce qu'il était venu chercher : des feuillets manuscrits rédigés d'une main qui ne pouvait être que celle de Grandpré. Dans le premier tiroir, il fit une trouvaille encore plus excitante : des poèmes de la main du défunt, des haïkus. Il y en avait tout un paquet. Et juste à côté, Bilodo découvrit ceux de Ségolène, ses haïkus originaux dont il ne possédait que les copies. Et aussi sa photo ! Étreint par l'émotion, Bilodo admira ce sourire qui lui caressait l'âme, ce doux regard d'amande qui le faisait tant rêver, puis huma ces feuillets bénis que la main de Ségolène avait tenus, que son parfum imprégnait encore, et les embrassa. Un tel moment de félicité justifiait à lui seul les risques encourus, mais l'affaire ne s'arrêtait pas là : poursuivant les fouilles, Bilodo explora les autres tiroirs. Plus que tout, il espérait mettre la main sur le brouillon de la dernière lettre de Grandpré, celle qu'avait ignoblement gobé l'égout, car c'était le but ultime de l'expédition, mais il n'eut pas le temps de pousser bien loin ses recherches que des voix retentirent à l'extérieur, celles de gens qui discutaient dans l'escalier. Bilodo se dressa d'un bond, éteignit sa lampe. De simples voisins montant vers un étage supérieur ? Ou la police venant épingler le misérable cambrioleur qu'il était ? Pas question d'attendre pour le savoir : Bilodo fourra dans sa veste tous les papiers qu'il pouvait et prit la fuite, percutant au passage cette sculpture idiote qui traînait dans le salon. Il se sauva par-derrière, débloula les marches, puis se catapulta à la vitesse du son vers l'issue de la ruelle. Ce ne fut que deux pâtés de maison plus loin, une fois certain que nul ne le pourchassait, qu'il se permit de ralentir. Il s'obligea à marcher d'un pas aussi naturel que possible afin de ne pas attirer l'attention, mais son cœur continuait de tressauter, battant comme un tam-tam.

❏

S'étant longuement douché des sueurs du crime, Bilodo s'installa à sa table et relut les haïkus de Ségolène. Il constata avec ravissement que les petits poèmes avaient recouvré toute leur vitalité. Puis, avec la discrète complicité de Bill, il fit l'inventaire des autres papiers volés, s'intéressant particulièrement aux haïkus de Grandpré, y voyant la confirmation de ce qu'il soupçonnait depuis longtemps : ces deux-là s'adonnaient — s'étaient adonnés — à une sorte d'échange poétique. Les haïkus de Grandpré semblaient toutefois assez différents de ceux de Ségolène, non par la forme mais par l'esprit :

Tourbillonnant comme l'eau
contre le rocher
le temps fait des boucles

Smog sur la cité
elle fume trop
emphysème garanti

Ils meuvent les vagues
courbent la forêt
Ils font murmurer la terre

Pas fou le lapin
il surgit du trou
où on ne l'attendait pas

Percer l'horizon
voir derrière le décor
embrasser la Mort

C'était une poésie plus sombre que celle de Ségolène, plus dramatique, mais tout aussi évocatrice cependant : bien que ce fut à travers une lentille obscurcie, les haïkus de Grandpré faisaient voir des choses, eux aussi. Il y en avait près d'une centaine. L'ennui, c'était l'absence de toute numérotation. Rien n'indiquait dans quel ordre ils avaient été écrits ou expédiés à Ségolène. Aucun indice ne permettait d'établir lequel était le dernier, celui qui n'avait jamais rejoint sa destinataire.

Bilodo installa l'original de la photo de Ségolène sur sa table de chevet, puis, couché dans le noir, il se demanda ce qu'il devait faire maintenant que la première étape de son plan était accomplie. Passer à la phase deux ? Oserait-il aller jusqu'au bout de son idée démentielle ?

Il s'endormit et fit un rêve étrange. Il rêva de Gaston Grandpré qui agonisait au milieu de la rue des Hêtres, retrouvant ainsi son rôle naturel, sauf que le mourant semblait ne pas souffrir le moins du monde ; il paraissait bien s'amuser au contraire, et adressait même à Bilodo un clin d'œil complice.

❏

S'éveillant à l'aube, Bilodo prit la décision d'aller jusqu'au bout. Pour la première fois en cinq ans, il téléphona aux Postes afin de se déclarer malade, puis, sans même prendre le temps de boire un café, il se pencha sur les papiers de Grandpré et étudia son écriture en mobilisant toute son expérience de la calligraphie.

L'examen approfondi des écrits du défunt fit bientôt ressortir un détail insolite : un peu partout sur les feuillets, et parfois même en plein milieu d'un poème, se trouvait dessiné un symbole particulier ; il s'agissait d'un cercle plus ou moins orné de fioritures — peut-être était-ce un « O » stylisé ? — que l'auteur semblait avoir eu la manie de griffonner ici et là. Ce « O » avait-il une signification précise ? Bilodo ne pouvait que le conjecturer. L'écriture elle-même était intéressante, ample et énergique. Le trait était fort, anguleux, mêlant audacieusement les lettres moulées et cursives, sillonnant profondément le papier. Un peu le genre d'écriture virile que Bilodo aurait aimé avoir. Il se sentait capable de l'imiter en tout cas : choisissant un stylo-bille du même type que celui utilisé par Grandpré, il fit ses premiers essais, copiant d'une main hésitante certains extraits des poèmes du défunt.

Le premier bloc de papier fut épuisé peu avant midi. Le dîner de Bilodo fut constitué d'une boîte de sardines qu'il consomma debout, en piétinant distraitement les feuillets chiffonnés. Il se remit à l'ouvrage, travailla jusqu'au crépuscule et dut alors s'arrêter à cause d'une crampe. Massant son poignet douloureux, il connut un moment de découragement et envisagea de laisser tomber, puis se ressaisit à la pensée de Ségolène qui attendait là-bas, dans son île, et il reprit sa plume, la maniant avec une résolution nouvelle. Il faisait nuit depuis longtemps lorsque Bilodo s'estima enfin satisfait ; il parvenait à imiter assez convenablement l'écriture du mort. La deuxième partie de son plan se trouvait ainsi achevée, mais il se garda de triompher et se prépara plutôt à affronter le défi suivant, qui était de taille. Car la calligraphie n'était pas tout ; encore fallait-il savoir quoi écrire.

Il avait volontairement évité d'y penser jusqu'alors, préférant se concentrer sur l'aspect technique de la tâche, mais il ne pouvait temporiser davantage. C'était bien beau d'imiter l'écriture de Grandpré, mais il s'agissait surtout d'écrire ce que Grandpré aurait écrit. Bilodo devait maintenant s'aventurer dans cette contrée étrange qu'était celle de la poésie et se débrouiller pour composer un haïku qui puisse passer pour authentique aux yeux de Ségolène.

❏

Son talent pour se glisser dans les mots d'autrui ne lui était d'aucun secours en l'occurrence : quand l'aube pointa, il n'était parvenu à écrire que « l'eau », mot unique que lui inspirait le dernier haïku du bébé aquatique de Ségolène et auquel il ne trouvait rien d'intelligent à ajouter. On pouvait bien sûr y accoler une variété de qualificatifs : l'eau claire, l'eau vive, l'eau dormante, mais était-ce vraiment poétique ? Il passa l'avant-midi dans un état second, s'efforçant d'ajouter à son « eau » quelque chose qui la transcende. Eau-de-vie ? Eau courante ? Eau gazeuse ?

Tête d'eau ?

S'autorisant à faire une brève sieste, Bilodo rêva qu'il se noyait. Il s'éveilla juste à temps pour faire le plein d'oxygène, et alla se réinstaller devant la page blanche. Eau de vaisselle ? Eau bénite ? Eau de toilette ? Eaux et forêts ?

Se jeter à l'eau ?

Marcher sur l'eau ?

Puis, s'étant laissé captiver par les évolutions de Bill qui nageotait dans son bocal, il se secoua et écrivit : « Un poisson dans l'eau ». C'était déjà un vers de cinq syllabes. Presque le tiers du tercet.

Bilodo considéra les mots d'un œil critique, puis ratura le tout.

Cinq mots, et pas un seul dont il soit satisfait. À ce rythme, il y serait encore le 1er avril.

Il fallait absolument activer les choses. Comment faisait-on pour devenir poète ? Cela pouvait-il s'apprendre ? Existait-il un cours de Haïku 101 ? Aucune école de poésie n'était répertoriée dans les pages jaunes ; où s'adressait-on en cas d'urgence ? À l'ambassade du Japon ? Une chose au moins devenait évidente : Bilodo devait se renseigner davantage au sujet de ces fichus haïkus.

Huit

Alors qu'il ratissait la section «Littérature japonaise» de la Bibliothèque centrale, Bilodo dénicha quelques ouvrages fort instructifs et eut tôt fait d'apprendre tout ce qu'il avait toujours voulu savoir sur les haïkus sans oser le demander. Le principe en était plutôt simple au fond: le haïku visait la juxtaposition de l'immuable et de l'éphémère. Un bon haïku contenait idéalement une référence à la nature (*kigo*) ou à une réalité non seulement humaine. Sobre, précis, à la fois dense et subtil, il évitait l'artifice littéraire et les marques habituelles du poétique telles la rime et la métaphore. L'art du haïku était celui de l'instantané, du détail. Il pouvait s'agir d'un fragment de vie, d'un souvenir, d'un rêve, mais c'était avant tout un poème concret en appelant aux sens et non aux idées.

La lumière commençait à se faire dans l'esprit de Bilodo. Même cet échange épistolaire de haïkus auquel s'étaient livrés Ségolène et Grandpré prenait désormais un sens particulier: il s'agissait d'un *renku* ou «poème enchaîné», une tradition remontant aux joutes littéraires que l'on disputait à la Cour impériale du Japon médiéval.

Trouvant tout cela passionnant et ayant le goût d'en parler, Bilodo fit part de ses découvertes à son ami Robert, auquel il lut quelques haïkus de Bashô, de Buson et d'Issa, maîtres classiques du genre, mais le délicat équilibre du *fueki* — l'immuable, l'éternité qui nous déborde — et du *ryûko* — le fugitif, l'éphémère qui nous traverse — parut échapper totalement au préposé, qui n'y vit qu'une forme sophistiquée de masturbation mentale. Non qu'il nourrît quelque préjugé que ce fût envers la littérature japonaise, au contraire : Robert déclara qu'il aimait les mangas, ces bandes dessinées populaires, mais appréciait surtout les *hentaï*, leurs variantes érotiques, qu'il recommanda chaudement à Bilodo avec échantillon à l'appui. Cherchant un interlocuteur plus apte à partager son enthousiasme intellectuel, Bilodo se tourna vers Tania. La jeune serveuse ne manifesta d'abord qu'un intérêt mitigé, car c'était l'heure de pointe au Madelinot, mais le pétillement attendu parut dans ses yeux lorsque Bilodo ouvrit devant elle les pages d'un livre intitulé *Haïkus traditionnels du XVIIᵉ siècle*, ouvrage précieux emprunté à la bibliothèque et dans lequel on pouvait admirer des haïkus calligraphiés en japonais ancien. Tania convint que c'était très beau et très mystérieux, très mystique. Bilodo n'aurait su acquiescer davantage : alliant idéogrammes et syllabaire phonétique, la graphie japonaise favorisait l'extrême densité du haïku, parvenait presque à exprimer l'indicible.

❏

Le beau poisson rouge
bouge et fait des bulles
nage dans son entourage

Était-ce poétique ? Bilodo avait d'abord cru mettre dans le mille — y avait-il rien de plus japonais qu'un poisson rouge ? —, mais n'en était plus aussi certain. Il avait pourtant l'impression d'être dans la bonne voie, car avec la « légèreté, la sincérité et l'objectivité », la « tendresse à l'endroit des créatures vivantes » comptait parmi les plus nobles attributs du haïku. Mais le sujet même ne laissait-il pas à désirer ? En tout respect pour Bill, le poisson était-il l'animal le plus susceptible d'exprimer la poésie ? Cherchant une bestiole plus convenable, Bilodo songea à l'oiseau, qui déjà avait le mérite d'incarner la «légèreté» :

> Cui-cui fait l'oiseau
> perché sur l'antenne
> avec au fond le ciel bleu

Était-ce vraiment meilleur que le poisson ? Sentant s'étioler sa confiance toute neuve, Bilodo se désola de sa médiocrité. C'était une chose de savoir théoriquement ce qu'était un haïku, c'en était une autre de pouvoir en écrire. D'ailleurs, la qualité littéraire n'était qu'un aspect du problème : nonobstant leur discutable valeur artistique, ni le haïku du poisson ni celui de l'oiseau ne ressemblaient à un poème que Grandpré aurait pu écrire, et c'était là leur défaut essentiel. Par-dessus tout, il fallait écrire un poème qui soit «grandpréesque». Bilodo devait réussir à s'insinuer si étroitement dans l'âme du défunt que Ségolène ne puisse rien soupçonner.

❏

Songeant à faire une analyse graphologique des écrits de Grandpré, Bilodo se procura un ouvrage traitant de cette science. Il comprit vite que c'était une discipline fondée sur l'expérience, un art ne pouvant s'acquérir que par une pratique intensive. Comment cerner la personnalité de Grandpré dans le peu de temps dont il disposait ? En soirée, alors qu'il potassait le manuel devant la télé, son attention fut captée par les propos d'un comédien, invité à parler de son métier, qui expliquait comment il s'y était pris pour incarner un célèbre chef d'État décédé quelques années plus tôt. L'acteur confiait qu'il avait commencé par s'intéresser aux petits gestes du grand homme, à ses tics, à ses manies, à ses habitudes, et s'était attaché à les reproduire jusqu'à ce que ce procédé d'identification finisse par lui révéler le fil intérieur du personnage, sa vérité profonde. Bilodo, fasciné, referma son traité de graphologie. N'y avait-il pas là une piste prometteuse ?

Le lendemain, au Madelinot, au lieu de s'asseoir au comptoir, Bilodo s'installa sur la banquette que Grandpré avait eu coutume d'occuper et demanda qu'on lui serve ce que le défunt commandait d'habitude. Perplexe, Tania déposa devant lui un sandwich aux tomates, qu'il mangea tout en appréciant la perspective nouvelle qu'offrait ce point de vue inédit non seulement sur le restaurant mais aussi sur la rue à l'extérieur. Après dîner, poussant plus loin l'exercice, Bilodo continua sa tournée en cherchant à s'imaginer qu'il était Grandpré et observa attentivement le monde autour de lui, notant tout incident, tout détail susceptible de fournir la matière d'un haïku. Cette chenille, par exemple, qui rampait sur le trottoir, cette voûte ajourée que formaient les branches des arbres s'entremêlant au-dessus de la rue, ces écureuils qui se chamaillaient entre les pieds d'un banc du parc, et cette culotte rose de femme, pendue à une corde à linge, dans laquelle le vent s'engouffrait : n'y avait-il pas là de quoi faire des poèmes ? Arrivé dans la rue des Hêtres, Bilodo la parcourut lentement en s'efforçant de regarder avec les yeux de Grandpré, de ressentir ce que l'autre aurait ressenti, et ce fut ainsi, alors qu'il parvenait devant l'appartement désert en tentant de pénétrer l'univers intérieur de celui qui n'était plus, que le véritable moyen d'y accéder lui fut révélé tout à coup, sous la forme d'un écriteau.

Un écriteau noir et rouge, scotché à la fenêtre, sur lequel on pouvait lire : APPARTEMENT À LOUER.

❏

Bilodo trouva la propriétaire de l'immeuble dans son minuscule potager. C'était une dame soignée et méfiante, que l'uniforme de Bilodo sembla rassurer. Délaissant temporairement ses légumes, madame Brochu le guida au deuxième étage et lui ouvrit la porte de l'appartement où, pour changer, il pénétrait cette fois en toute légalité. Ça faisait étrange de visiter à la lumière du jour cet endroit qu'il avait arpenté dans les ténèbres, à la sauvette. Contrairement au souvenir sinistre qu'il en gardait, l'appartement se révéla agréable, bien éclairé, remarquable surtout par sa décoration typiquement japonaise. Bilodo n'avait pu s'en rendre compte lors de sa précédente intrusion, n'ayant entrevu alors les lieux qu'à la lueur égoïste d'une lampe de poche et à travers le prisme glauque du stress, mais les meubles, les stores, les luminaires, tout ou presque était d'inspiration ou de facture japonaise. Pour un peu, on se serait cru transporté au pays du soleil levant. Où qu'il se posât, son regard rencontrait la forme torturée d'un bonsaï, une estampe, un bibelot, une statuette représentant une geisha alanguie ou un bonze replet souriant avec un air sagace, un samouraï ombrageux brandissant son sabre. Ces tapis matelassés sur lesquels Bilodo avait trouvé si curieux de marcher étaient en fait des tatamis assemblés sur le plancher comme les pièces d'un puzzle géant. Quant à ce truc, cet objet bizarre qu'il avait renversé dans sa fuite, il s'agissait d'une ravissante petite table en bois précieux, délicatement sculptée en forme de feuille ployant sur sa tige, qui servait probablement à servir le thé. Le bureau, seule touche occidentale à la ronde, était flanqué de grandes étagères bourrées de bouquins, tandis que la seconde zone du salon, délimitée par un paravent de papier sur lequel était peint un paysage de montagne agrémenté de cerisiers en fleurs, devait tenir lieu de salle à manger et ne contenait qu'une table basse, entourée de coussins brodés, sur laquelle se trouvait un petit jardin zen.

La chambre était sobrement meublée d'un futon et d'une armoire dont les panneaux mobiles, ornés de grandes glaces, vous réfléchissaient de pied en cap. Quant à la salle de bain, elle contenait une curieuse petite baignoire en bois, sorte de cuve haute et étroite qui se trouvait installée directement dans l'autre, la baignoire ordinaire, sans doute afin de faciliter la vidange.

Grandpré avait donc été un adepte de l'art de vivre japonais. Rien de vraiment étonnant chez un si fervent amateur de haïkus. Cette extravagante robe de chambre écarlate qu'il ne quittait jamais était évidemment un kimono, qui devait maintenant reposer dans quelque sinistre placard de la morgue, à moins qu'on ne l'eût inci-néré avec son propriétaire.

Le comptoir de la cuisine était immaculé, et l'odeur de pourriture n'était plus perceptible : madame Brochu y avait vu. Quant au carreau brisé de la porte, on l'avait remplacé. Rien ne laissait deviner que l'endroit avait été récemment la scène d'un cambriolage. Quelque peu embarrassée, madame Brochu expliqua combien elle avait été surprise d'apprendre que feu le précédent locataire, qui n'avait apparemment aucun héritier ni parent proche, lui avait légué par testament ses meubles et toutes ses affaires. C'était un ennui pour la pauvre dame qui se voyait obligée d'en disposer elle-même, à ses frais, mais pour Bilodo c'était une chance inespérée : il proposa de louer l'appartement tel quel, avec tout ce qu'il contenait, arrangement que madame Brochu ne fut que trop heureuse d'agréer. Quelques minutes plus tard, Bilodo signait son bail et recevait la clé de son nouveau logis. Il jubilait intérieurement, persuadé d'avoir trouvé enfin le moyen de surmonter l'obstacle poétique. Quelle meilleure façon de pénétrer les arcanes de l'âme de Grandpré qu'en explorant son habitat naturel, qu'en vivant comme lui-même avait vécu ? Bilodo parcourut les différentes pièces, éprouvant un frisson d'excitation devant ce riche gisement d'existence qui n'attendait que d'être prospecté. Il fouillerait partout, s'imprégnerait de l'atmosphère des lieux, en aspirerait le moindre effluve. Il vampiriserait l'aura évanescente de celui qui l'avait devancé dans ces murs, apprendrait tout de lui et en viendrait à se glisser si intimement dans sa pensée qu'il lui serait ensuite facile de deviner, de sentir ce que Grandpré aurait écrit.

Neuf

Bilodo ne découvrit aucun cadavre dans les placards de Grandpré ni rien de louche dans son frigo, rien de particulièrement remarquable non plus dans les armoires de la cuisine hormis une ample provision de thé et plusieurs bouteilles de saké. Cependant, il trouva une quantité phénoménale de bas dépareillés dans les tiroirs de la commode, de même que dans le panier à linge sale, et se demanda en quoi cette énigme odorante éclairait la psychologie du défunt : Bilodo volait-il des chaussettes dans les buanderies ? En faisait-il une collection ? Se transformait-il en mille-pattes à la pleine lune ? Par ailleurs, l'appartement ne contenait rien qui ne fût banal. Ce qui impressionnait le plus Bilodo, c'était la quantité de livres que contenaient les étagères. Bien entendu, la plupart étaient d'auteurs japonais. Des centaines d'ouvrages s'alignaient là, porteurs de titres et de noms exotiques. Ouvrant au hasard un roman d'un certain Mishima, il tomba sur un passage où une jeune femme pressait son sein afin d'en extraire un peu de lait maternel qu'elle mettait ensuite dans le thé de son amant. Troublé par ce geste étrange, Bilodo referma le livre ; remettant à plus tard le soin de parfaire son éducation littéraire, il entreprit d'examiner les papiers de Grandpré qu'il n'avait pu emporter la nuit de l'effraction. Ce fut ainsi qu'il découvrit une lettre de Ségolène, une lettre conventionnelle, toute en prose, qui datait de trois ans. Écrivant à Grandpré pour la première fois, la Guadeloupéenne s'y présentait comme une amatrice de poésie japonaise et commentait favorablement un article portant sur l'art du haïku selon Kobayashi Issa que Grandpré avait fait paraître dans une revue d'études littéraires. D'autres lettres suivaient, témoignant de la rapidité avec laquelle s'était développée une complicité intellectuelle entre eux, puis de la naissance du projet de *renku*, une idée de Grandpré. C'était donc ainsi qu'ils s'étaient connus. Un intérêt commun pour la littérature japonaise les avait fait se croiser, se lier. Un mystère au moins se trouvait élucidé.

Stimulé par cette première percée, Bilodo décida d'effectuer une nouvelle tentative poétique. Disposant d'une fin de semaine entière car c'était vendredi, il verrouilla la porte, ferma les stores et invoqua les maîtres anciens, sollicitant respectueusement leur bienveillance, puis plongea en lui-même comme à la pêche aux huîtres perlières.

❏

Estimant que ses haïkus précédents souffraient d'une carence en *fueki* — principe d'éternité —, Bilodo écrivit toute la nuit et acheva aux petites heures un poème qui se voulait une célébration de l'aube triomphante :

> Le soleil se lève
> monte à l'horizon
> comme un gros ballon doré

Bilodo trouva que ce n'était pas trop mal. Pour ce qui était du *fueki*, on était servi en tout cas, mais la teneur en *ryûko* — élément éphémère ou trivial — n'était-elle pas insuffisante ? Visant ce subtil équilibre qui était la marque du bon haïku, il se remit à l'ouvrage, s'efforçant de doser justement les deux principes contradictoires :

Le soleil se lève
je mets sur mes toasts
du fromage en tranches

Le soleil se lève
comme un gros nombril doré
sur un ventre creux

Le soleil se lève
comme un fromage doré
allons déjeuner

Bilodo nota que son ventre gargouillait. C'était sans doute normal puisqu'il n'avait rien mangé depuis la veille, obnubilé qu'il était par la création. Ceci expliquait-il cela ? La poésie n'était-elle au fond qu'une affaire stomacale ? Laissant la question en suspens, Bilodo alla déjeuner au Délicieux Orient, un restaurant japonais du quartier.

❏

En fin d'après-midi, il reçut la visite de madame Brochu, qui apportait un panier de fruits en cadeau de bienvenue. La dame constata l'avancement de son installation et tint à s'assurer qu'il n'avait besoin de rien. Saisissant l'occasion d'en savoir un peu plus long au sujet de Grandpré, Bilodo l'invita à prendre le thé et fit le service sur la jolie petite table en forme de feuille. Après qu'eurent été échangées les politesses d'usage, il aiguilla la conversation vers l'ancien locataire. Les affreuses circonstances de la mort de celui-ci furent évoquées, commentées, déplorées. Bilodo apprit que Grandpré avait été professeur de littérature au cégep voisin, mais qu'il avait pris sa retraite l'année précédente, quoiqu'il fût encore assez jeune. Encouragée par la vive attention de Bilodo, la dame confia que le pauvre homme s'était comporté de manière étrange durant les derniers mois de sa vie, ne sortant guère de chez lui et faisant jouer sans cesse les mêmes disques de musique chinoise. Un genre de dépression, jugeait-elle, osant à peine chuchoter ce mot funeste.

Après le départ de madame Brochu, Bilodo acheva de vider la théière tout en réfléchissant. La personnalité de Grandpré restait nébuleuse à maints égards, et les méandres de son esprit largement inexplorés, mais le jour commençait à poindre. Du témoignage de la dame se dégageait un élément nouveau : la musique. Cela pouvait-il ajouter à la compréhension du personnage ? Épluchant les disques de Grandpré, Bilodo trouva tout de suite les enregistrements de musique chinoise dont avait parlé la dame — il s'agissait en fait de musique traditionnelle japonaise. Choisissant au hasard, il mit un disque. Les sonorités d'une flûte mélancolique et d'accords pincés sur un genre de luth filtrèrent des haut-parleurs, emplissant le salon d'une suave mélopée. Subitement inspiré, Bilodo saisit sa plume…

❏

Il écrivit, mettant un disque après l'autre et s'imbibant de thé tandis que se succédaient les fantômes des heures. Le *koto* égrenait ses arpèges, accompagné tantôt par un *samisen* aigrelet, tantôt par un *sho*, soulignant l'aérienne sonorité du *hichiriki* ou le chant envoûtant d'une femme nasillarde, et Bilodo écrivait comme en transe, tendant de tout son être au *wabi* (beauté dépouillée en accord avec la nature), se laissant pénétrer par les vertus immémoriales du *sabi* (simplicité, sérénité, solitude). S'imaginant qu'il se promenait dans l'automne rougeoyant du mont Royal, il cherchait à traduire la contagieuse apathie des arbres impudiques, le bruissement des feuilles qu'effarait le vent, le chant des oiseaux sur le départ et les derniers croustillements des insectes. Il écrivait, cherchant la complicité des mots, s'efforçant de les attraper au vol avant qu'ils ne s'égaillent, de les capturer tels des papillons dans le filet de la page et de les épingler au papier. Obtenant parfois un vers qui semblait potable, il décidait cinq minutes après qu'il sonnait creux et le jetait en pâture à la corbeille, puis recommençait, pataugeant dans un étang de cellulose chiffonnée, ne s'arrêtant que pour tracer un occasionnel hiéroglyphe dans le sable du petit jardin zen ou relire tel haïku de Grandpré ou de Ségolène, les récitant à voix haute afin d'en mieux admirer la vibrante spontanéité.

Il se fit livrer du Délicieux Orient des sushis, qu'il prit soin de manger en cachette de Bill, puis continua de noircir la clairière enneigée des pages toute la nuit, puis toute la journée du dimanche, carburant désormais au saké, puis encore toute la soirée jusqu'à ce que la tête lui tourne, que son regard diverge et que sa plume lui tombe des doigts. Alors il alla s'écrouler sur le futon et sombra dans un sommeil peuplé de vivants idéogrammes, rêva que Ségolène ouvrait son corsage et extrayait de son sein un peu de lait qu'elle laissait ensuite s'égoutter entre ses propres lèvres…

S'éveillant le lundi matin avec les neurones en bataille, Bilodo goba quatre aspirines, prit une douche interminable, puis fit un tri parmi les rares feuillets dignes d'échapper à la destruction, arrêtant son choix sur un poème écrit au crépuscule :

> Le soleil se couche
> et bâille sur le balcon
> ronfle à ma fenêtre

Le tercet lui semblait dégager un certain arôme de poésie et ne paraissait pas totalement étranger à ce que Grandpré aurait pu écrire. Ça y était presque. Mais presque, c'était encore trop peu, et il déchira méthodiquement le feuillet en fragments infinitésimaux qu'il projeta en neige autour de lui. Pour la seconde fois en deux semaines, il téléphona aux Postes pour prévenir qu'il s'absentait, puis fit chauffer l'eau pour le thé et se remit au boulot, résolu à sacrifier une forêt tout entière s'il le fallait.

Il était presque midi lorsque le claquement de la fente aux lettres le fit sursauter. Constatant avec un brin de jalousie qu'on semblait l'avoir remplacé sans trop de peine, Bilodo alla ramasser le courrier de Grandpré. Il y avait deux circulaires, une facture, et une lettre de Ségolène.

❑

Il lui fallut un moment pour se ressaisir. Bilodo n'avait pas prévu ça. Il n'avait pas pensé que Ségolène écrirait avant que Grandpré n'ait répondu à son haïku du bébé phoque. Tenant le coupe-papier d'une main qui tremblait, il fendit l'enveloppe. Celle-ci ne contenait comme toujours qu'un seul feuillet :

> *Vous ai-je déplu ?*
> *oublions l'automne*
> *ai-je encore votre amitié ?*

Bilodo se sentit puissamment interpellé par le ton si direct du haïku, et fut alarmé par l'inquiétude presque

palpable qui en émanait. Habituée à davantage de régula-
rité de la part de son correspondant, Ségolène s'inquiétait
évidemment de son mutisme ; elle craignait de l'avoir
offensé de quelque manière, la pauvre. Bilodo se l'imagina
soucieuse tandis qu'elle composait le poème et que
l'anxiété envahissait son beau visage, en attaquant la
douce plénitude. Cette vision d'une Ségolène que l'angoisse s'appropriait lui fut insupportable, et il ressentit
avec acuité l'urgence d'agir. Il fallait répondre très vite
pour la rassurer et ranimer son sourire. Bilodo devait ces-
ser de branler dans le manche et pondre enfin ce maudit
haïku !

Dix

L'herbe comblait à peine les interstices sur la tombe fraîchement gazonnée de Gaston Grandpré. Bilodo se recueillit. Espérant émouvoir ce qui subsistait du défunt, son âme attardée peut-être, il peignit à mots silencieux l'inquiétude de Ségolène, l'urgence de la situation, et fit valoir l'honnêteté de ses intentions, la sincérité de ses sentiments. En toute humilité, il rendit compte à celui qui dormait sous terre de l'application qu'il avait mise à imiter ses œuvres, et le supplia respectueusement de l'éclairer : que pouvait-il faire ? Restait-il quelque geste qu'il faille encore poser, quelque sacrifice auquel il dût consentir, quelque clé qu'il eût négligé d'insérer dans la serrure compliquée de cette porte lui interdisant la poésie ?

Agenouillé sur le gazon humide, Bilodo attendit, écouta de toutes ses forces, mais nulle révélation n'émana de la tombe, nulle voix sépulcrale n'en jaillit. Le défunt n'avait apparemment aucun conseil à formuler. Et pourtant…

❏

Comme en réponse à sa visite au cimetière, Bilodo rêva la nuit suivante de Grandpré. En fait, il rêva qu'il s'éveillait et trouvait à son chevet Grandpré drapé dans son kimono rouge. Le revenant souriait malgré ce sang qui maculait son front pâle, ses cheveux emmêlés. N'arrêtant pas de sourire, il se déplaçait dans la pièce comme sur un roulement à billes, allait ainsi jusqu'à l'armoire, en ouvrait la porte et désignait du doigt la tablette du haut...

Bilodo s'éveilla pour de bon, du moins en principe. Il se demanda si ce n'était que la fractale d'un rêve plus profond, s'il ne faisait que rêver qu'il s'éveillait ou si vraiment c'était réel cette fois, puis constata qu'il n'y avait aucun Grandpré spectral dans les parages et opta pour la seconde éventualité. Il considéra l'armoire, songeant à ce geste, que le fantôme avait eu, d'indiquer la tablette. Évidemment, ce n'était qu'un songe, mais Bilodo ne put dominer sa curiosité et décida d'aller y voir de plus près, à tout hasard. Il ouvrit l'armoire. La tablette supérieure était haute et profonde. Tendant la main, Bilodo explora le vide du bout des doigts. Il toucha quelque chose. Une boîte rangée tout au fond. Interdit, il la tira vers lui. C'était une boîte en carton noir, assez grande, pas très lourde, ornée d'idéogrammes japonais. Bilodo la déposa sur le lit, en souleva le couvercle. Plié dans un fin papier de soie, il y avait un kimono rouge.

❏

Le kimono semblait n'avoir jamais été porté. Bilodo le retira de la boîte, le déplia. Le tissu en était soyeux, chatoyant. Un bien beau vêtement. Bilodo céda au désir de l'endosser et s'étonna de s'y sentir parfaitement à son aise. Il fit quelques pas et tourna sur lui-même, éprouvant la légèreté du kimono. Il en fit voler les pans autour de lui, se prenant un peu pour Lawrence d'Arabie dans son premier costume d'émir, puis s'admira dans la glace. Le vêtement épousait fidèlement sa silhouette. On aurait dit

qu'il avait été taillé pour lui. Bilodo se sentit électrique.
C'était comme si un flux léger parcourait ses nerfs, le cha-
touillant jusqu'aux extrémités. Obéissant à une impulsion,
il quitta la chambre, gagna le salon, alla s'asseoir au
bureau, plaça devant lui un feuillet vierge, souleva un
stylo, en déposa la pointe. Et alors le miracle se produisit.
La bille du stylo se mit à rouler sur le papier, y traçant un
sismographique chapelet de mots. Bilodo rêvait-il
encore ? Voilà que l'inspiration lui venait tout à coup.
C'était comme une digue cédant en lui, comme un
moteur grippé démarrant enfin. Des images se bous-
culaient au portillon de sa conscience, s'entrechoquaient
sur le billard de son imagination.

Une minute après, c'était fini : la force mystérieuse
avait quitté Bilodo, le laissant hagard, épuisé. Un haïku se
trouvait devant lui. Il s'était écrit tout seul, d'un jet, sans
une rature, sans que la volonté ait rien à y voir, et d'une
main qu'on aurait juré être celle de Grandpré :

> Neiges éternelles
> hautes — immuables
> telle est mon amitié

Cherchant à s'expliquer ce qui venait d'arriver, Bilodo
envisagea un phénomène de l'ordre du conditionnement
dont le catalyseur avait été la découverte du kimono. Le
fait d'endosser le vêtement, de se glisser symboliquement
dans la peau de Grandpré avait vraisemblablement
déclenché le processus créatif qu'il cherchait à amorcer
depuis des jours. Ou alors s'agissait-il de spiritisme ?
Bilodo venait-il d'être temporairement possédé ? L'esprit
de Grandpré avait-il exaucé son vœu, trouvant ainsi le
moyen de lui venir en aide ? Il se sentait trop bouleversé
pour en décider. L'important, c'était le poème : que ce fût
ou non sous influence, Bilodo venait de créer ce qui lui

semblait être le premier vrai bon haïku de sa vie. Saurait-il réconforter Ségolène ? Lui plairait-il ?

Bilodo plia le feuillet et l'inséra dans une enveloppe, mais, au moment de clore celle-ci, il hésita, en proie à un ultime dilemme : devait-il ajouter au haïku ce « O » stylisé que Grandpré avait eu l'habitude de dessiner partout ? S'agissait-il d'un genre de signature ou de sceau graphique dont l'absence pouvait éveiller quelque suspicion ? Pour le savoir, il aurait fallu examiner les précédents envois du défunt ; une fois de plus, la perte de sa dernière lettre se faisait cruellement sentir. Prenant finalement le risque de s'abstenir, Bilodo scella l'enveloppe et se dépêcha d'aller la poster avant de changer d'idée.

Le haïku mettrait cinq à six jours pour arriver jusqu'à Ségolène, et il en faudrait au moins autant avant que la réponse de celle-ci lui parvienne. En supposant qu'elle réponde, que l'imposture reste insoupçonnée, que le stratagème fonctionne.

❏

La lettre arriva onze jours plus tard. Bilodo l'avait espérée avec toute l'ardeur dont il était capable, multipliant les prières, n'osant plus toucher sa plume ni endosser le kimono de crainte de compromettre le fragile équilibre du sort, mais enfin elle était là, dans sa main, tandis qu'il se tenait statufié devant son comptoir du Centre de tri. Incapable d'attendre, il courut aux toilettes, se barricada dans la cabine du fond, déchira l'enveloppe et lut :

Hauts pics escarpés
veuillez agréer l'hommage
de l'humble alpiniste

Bilodo fut tout à coup transporté dans un décor himalayen digne de *Tintin au Tibet*. Cramponné à un rocher, il se tenait à mi-hauteur d'une coulée abrupte que tapissait une neige vierge, éblouissante sous le soleil cru, tandis que devant lui s'élevait le sommet, lointain encore et pourtant proche dans l'air raréfié, se découpant nettement sur le bleu profond du ciel, ombrageux, glorieux dans son âpre majesté… Savourant pour la première fois depuis trop longtemps les mots de Ségolène, Bilodo se sentit revigoré, fort comme un yeti. C'était comme une transfusion après l'hémorragie, comme une bouffée d'oxygène au moment de l'asphyxie. Il exultait dans les toilettes.

Ça avait marché ! Elle y avait cru !

Onze

Certains monts austères
rêvent en secret
qu'on ose enfin les gravir

*Ils font les gros durs
dans leurs habits d'avalanche
mais ont le cœur tendre*

Ils ont peur la nuit
pleurent d'être seuls
leurs larmes font des cascades

*C'est ainsi que naissent
les lacs de montagne
dans le silence glacé*

❏

Bilodo ne trouvait rien à souhaiter qui puisse s'ajouter à son bonheur. Que désirer de plus ? Le kimono l'attendait, suspendu dans l'armoire, mais il se gardait d'en abuser ; il l'économisait, ne le revêtant que lorsque venait le moment de répondre à Ségolène. Il lui suffisait alors d'endosser le vêtement miraculeux pour que s'envole son âme, pour qu'elle parte en fusée et qu'affluent les couleurs, les visions. Bilodo avait finalement rejeté toute explication surnaturelle du phénomène. Il estimait que son rêve d'un Grandpré spectral et la découverte du kimono n'étaient qu'une heureuse coïncidence et que, pour le reste, c'était l'inconscient qui se manifestait. D'ailleurs, il ne tenait pas à fouiller plus profondément la question de crainte que trop de curiosité ne vienne freiner son élan créateur et compromettre la poésie. Peu lui importait la cause fondamentale du prodige pourvu que ça marche, et qu'il puisse continuer d'écrire à Ségolène, pourvu qu'il puisse rêver d'elle jouant de la flûte au bord de la rivière paresseuse et charmant les serpents comme dans ce tableau du douanier Rousseau, puis sommeillant sur un lit de verdure tandis que les fleurs sauvages l'habillaient de leurs vivants pétales et que les animaux de la forêt montaient auprès d'elle une garde jalouse.

❏

Formes chatoyantes
l'aube entre les cils mi-clos
théâtre irisé

Une fleur s'envole
des cheveux de la marchande
c'est un papillon

Commandos de monstres nains
hantant les trottoirs
soirée d'Halloween

Cheval emballé
la belle épouvante
quelle mouche l'a piqué ?

Flaques de cristal
l'herbe craque sous mes pas
un nouvel hiver

Sur le lit mon chat ronronne
juste sous son nez
file la souris

Parfaite beauté
la divine architecture
du flocon de neige

D'immenses dos noirs
soulèvent la mer
les cachalots batifolent

❏

Elle nageait et folâtrait, immense mais pourtant si légère. Son corps sombre et fuselé ondoyait avec grâce, se découpant à contre-jour sur l'écran moiré de la surface, frôlant le rideau scintillant, le fendant du dos parfois. Elle nageait et chantait, elle comblait l'océan de ses vocalises, car elle était une baleine. Et lui aussi. Ils étaient des baleines et nageaient de concert, ils s'en allaient là-bas où ça n'avait pas de nom, où c'était simplement là-bas, au loin du bleu éternel. Rien ne les pressait. Ils lambinaient, planant dans un crépuscule où la lumière hésitait, timide. Ils chassaient un peu puis se laissaient porter, se fiaient aux courants. Ils remontaient de temps en temps pour souffler un geyser de vapeur iodée et refaire le plein d'air, pour se bercer un peu au fil de la vague, puis ils redescendaient là où il faisait doux.

C'était bon d'être une baleine. C'était bon d'être avec elle, d'être deux avec elle, et d'être libres ensemble. S'il

avait pu choisir, il aurait préféré être l'océan pour
étreindre Ségolène plus étroitement encore, et l'enlacer
partout à la fois dans ses bras d'eau infinis, et glisser sur sa
peau tout entière à jamais, mais quand même c'était bien
d'être une baleine. C'était déjà beaucoup pourvu qu'elle
soit là, et qu'ensemble ils puissent échapper au temps.

　　Voilà qu'elle sondait tout à coup. Elle piquait du nez,
fuyait la lumière. Avait-elle détecté quelque proie appé-
tissante ? Était-ce pour le simple plaisir d'aller au fond des
choses, d'explorer quelque épave inconnue, ou jouait-elle
seulement à cache-cache ? Il la suivit, s'enfonçant à grands
coups de queue ; il n'allait pas se laisser distancer. Il plongea à sa poursuite là où le noir s'épaississait, vous cernait,
vous enserrait toujours plus fort, toujours plus froid. Déjà
il ne la voyait plus, mais il sentait vibrer cette masse d'eau
qu'elle déplaçait et l'entendait chanter dans les ténèbres
proches. Elle appelait. C'était lui qu'elle appelait, et il
répondit, chantant aussi, car c'était ainsi qu'on commu-
niquait lorsqu'on était une baleine ; on chantait dans le
néant, sans crainte du noir toujours plus noir, toujours
plus profond.

Douze

Un gamin qui crie
brandit son bâton
il vient de compter un but

La fillette crie
Sur le bord de la fenêtre
une scolopendre

Sur la corde à linge
gèle la lessive
et grelottent les moineaux

Ma voisine Aimée
jardine en robe fleurie
on l'arroserait

❏

Janvier sévissait. Il y avait déjà trois mois que Bilodo
s'était installé chez Grandpré. Il s'y sentait parfaitement
chez lui maintenant, mais il continuait de penser « chez
Grandpré » par réflexe, et aussi par respect pour celui à
qui il devait tout ce bonheur. Il n'allait plus à son ancien
trois-pièces que quand cela adonnait, pour récupérer son
maigre courrier et vider sa boîte vocale des propositions

graveleuses qui continuaient d'y affluer. Ses meubles et la plupart de ses affaires se trouvaient toujours là. Il n'avait presque rien déménagé chez Grandpré, ne voulant pas dénaturer l'agréable atmosphère orientale des lieux. Il aurait pu sous-louer cet appartement désormais inutile, mais avait décidé de ne pas le faire, car cette adresse officielle lui servait à la fois de couverture et d'alibi, lui permettant de préserver la quiétude de l'autre existence qu'il menait parallèlement dans son antre de la rue des Hêtres ; ainsi, il n'avait à redouter ni les visites d'importuns ni les intrusions intempestives de Robert. Bilodo n'avait rien dit à ce dernier, et la seule pensée du préposé débarquant avec ses gigantesques sabots dans l'intimité feutrée de son sanctuaire japonais le faisait frémir. Robert, pas si idiot, se doutait évidemment de quelque chose. Il lui paraissait étrange que Bilodo ne réponde jamais au téléphone ni ne soit présent lorsqu'il passait chez lui. Ses questions devenaient embarrassantes, et Bilodo trouvait de plus en plus difficile de les esquiver.

Hormis les indiscrétions de Robert, le monde extérieur n'intervenait guère dans cette vie recluse, toute centrée sur son idylle imaginaire, que menait Bilodo. Il y avait Tania, au Madelinot, qui ne manquait jamais une occasion de placoter et de s'informer de l'avancement de ses recherches sur la poésie japonaise. En effet, Bilodo avait pris l'habitude de consacrer ses pauses d'après-dessert à la révision de haïkus destinés à Ségolène, et Tania, curieuse, lui demandait souvent ce qu'il écrivait, si elle pouvait lire. Il refusait aussi gentiment que possible, pré-textant que c'était trop personnel, mais la jeune serveuse continuait de manifester un vif intérêt pour ses œuvres, ce qui était plutôt touchant. Il regrettait de devoir toujours dire non à Tania. Désirant lui plaire, il promit d'écrire quelque jour futur un haïku spécialement pour elle, ce qui parut la combler de joie.

À part ça, Bilodo ne voyait presque personne. Il y avait madame Brochu avec qui il échangeait d'occasionnelles politesses, quoique plus brièvement depuis un récent incident : venant frapper à sa porte pour lui demander de baisser le volume de sa musique chinoise, la dame avait paru choquée de le trouver vêtu du kimono de Grandpré. Sa cordialité avait décru depuis, et elle considérait désormais Bilodo d'un œil méfiant. Il pouvait la comprendre. Vu de l'extérieur, son comportement avait sans doute de quoi surprendre. Vu de l'intérieur aussi d'ailleurs : vivre ainsi qu'il le faisait, dans la peau et les dessous d'un autre, dénotait indubitablement un haut degré d'excentricité. Mais c'était une bizarrerie qu'il assumait entièrement, quoi qu'on puisse en penser : l'important, c'était de n'en jamais perdre de vue l'intime logique.

❏

Un itinérant
on l'a trouvé ce matin
raide sur un banc

Tête dans les nues
de la Soufrière
comme en de hautes pensées

Il neige à plein ciel
déjà trente centimètres
les souffleuses en bavent

Vidé touloulou
c'est le Grand brûlé Vaval
ti-punch coule à flots

❏

« Vidé », en créole, c'était une parade, un défilé, car là-bas aussi, en Guadeloupe, c'était la fin de février, le temps du carnaval. Touloulou, c'était un bal où les dames jouissaient du privilège de choisir leurs cavaliers, tandis que Vaval était le roi de la fête, la mascotte locale, le Bonhomme du coin en quelque sorte. Le « Grand brilé » était une cérémonie populaire qui se déroulait le soir du mercredi des Cendres, et concluait le carnaval par l'incinération du malheureux Vaval sous les cris et lamentations de la foule hystérique. Quant à ce ti-punch qui coulait à flots, c'était assez clair en soi. Bilodo supposait que tout ça devait ressembler au Carnaval de Québec, avec cinquante degrés de plus.

Voulant partager l'humeur festive de Ségolène, et lui prouver que le créole d'ici n'était pas moins pittoresque que celui qu'on parlait chez elle, il lui expédia un retentissant :

> Swigne la bacaisse
> dans l'fond de la boîte à bois
> A-wing-ahin-hin

Et lui qui n'avait jamais mis fût-ce un orteil sur une piste de danse rêva cette nuit-là qu'il swignait allègrement avec Ségolène dans le décor improbable et hautement métissé d'une ville en fête tenant à la fois du Vieux-Québec et de Pointe-à-Pitre, qu'ils dansaient tantôt un frénétique rigodon sur la chaussée glacée du carré d'Youville, tantôt un gwoka endiablé dans la moiteur parfumée de la place de la Victoire. Et Ségolène riait, et elle tournoyait, infatigable, et ses cheveux fouettaient la nuit.

Treize

Le premier lundi de mars arriva de France un colis adressé à Gaston Grandpré. Le paquet contenait un manuscrit intitulé *Enso*, dont l'auteur était Grandpré lui-même, et dont la page de présentation était illustrée d'un cercle noir aux contours effilochés. Encore ce cercle mystérieux, ce « O » qu'on retrouvait partout sur les papiers du défunt. Le document était accompagné d'une brève lettre du directeur de la collection « Poésie en liberté », des Éditions du Roseau à Paris, dans laquelle on reconnaissait à l'œuvre certains mérites, tout en regrettant de ne pouvoir la retenir pour publication. Bilodo feuilleta le manuscrit, qui ne comptait qu'une soixantaine de pages sur chacune desquelles était écrit un seul haïku. Il ne fut pas vraiment surpris de constater que le poème qui inaugurait le recueil lui était familier :

Tourbillonnant comme l'eau
contre le rocher
le temps fait des boucles

Les haïkus suivants lui étaient également connus : il les avait relus maintes fois, dans des versions parfois légèrement différentes de celles qu'il avait maintenant sous les yeux :

Surgies du levant
les mouettes crient
sorcières au sabbat

Granit vertébral
schizophrénie d'épinettes
puis la plage enfin

Généreux élan
Oh ! cet impeccable swing
du joueur de golf !

Son driver de lumière
expédie la balle
parmi les étoiles

N'ayant jamais parcouru les haïkus de Grandpré que
de manière aléatoire, en pigeant l'un ou l'autre poème
parmi les papiers anarchiques de ce dernier, Bilodo
trouva fort différent de les lire dans cet ordre particulier
où leur auteur les avait mis. Cet agencement leur con-
férait une sorte de puissance incantatoire. Tournant les
pages du manuscrit, Bilodo avait l'impression de
progresser vers un but occulte, de marcher malgré lui
vers un destin implacable. Les haïkus résonnaient l'un
contre l'autre, produisant une musique mentale au
rythme obsédant. Ils lui procuraient une archétypale
sensation de déjà-vu ou, plutôt, de « déjà-rêvé », et
remuaient d'anciennes images dans les strates profondes
de sa mémoire.

Dans l'abysse les ténèbres
ça ne veut rien dire
la lumière y tue

Cage thoracique
parfaitement nettoyée
siècles nécrophages

Percer l'horizon
voir derrière le décor
embrasser la Mort

Réjouissez-vous
tritons et sirènes
car le prince est de retour

Sombres et pourtant lumineux, les haïkus se succédaient, théorie de poissons pélagiques distillant leur
propre phosphorescence. Intrigué par le titre du recueil,
Bilodo chercha dans le dictionnaire le mot « Enso », mais
ne l'y trouva pas. Se rabattant sur Internet, il eut la satisfaction de voir s'afficher à l'écran de nombreuses
références, toutes accompagnées de cercles analogues à
celui de la page de couverture, et découvrit qu'il s'agissait
d'un symbole traditionnel du bouddhisme zen. Le cercle
Enso représentait le vide mental (*satori*) permettant
d'atteindre à l'illumination. Peint par les maîtres zen
depuis des millénaires, l'*Enso* donnait lieu à un exercice
spirituel de méditation sur le non-être. Tracé d'un seul
coup de pinceau simple et ininterrompu, sans hésitation
ni réflexion, le cercle était supposé révéler l'état d'esprit de
l'artiste : on ne pouvait faire un *Enso* puissant et bien
balancé que si on avait l'esprit clair, libre de toute pensée
ou intention.

Poursuivant ses recherches, Bilodo apprit que le cercle
zen se prêtait à de multiples interprétations, pouvant
représenter aussi bien la perfection, la vérité, l'infinité, la
simplicité, le cycle des saisons, la roue tournant sur elle-
même. Globalement, *Enso* symbolisait la boucle, la nature

cyclique de l'univers, l'éternel recommencement, le perpétuel retour au point de départ ; en ce sens, il était similaire au symbole grec Ouroboros du serpent qui mordait sa propre queue.

Enso, un symbole d'une foisonnante richesse, et un titre qui prenait définitivement tout son sens lorsqu'on parvenait à la dernière page du manuscrit de Grandpré, sur laquelle se trouvait imprimé le même haïku qu'au début :

> Tourbillonnant comme l'eau
> contre le rocher
> le temps fait des boucles

Ce redoublement ne pouvait être accidentel. Grandpré avait voulu son recueil ainsi ; il l'avait conçu en forme de boucle. Ce retour au poème du début, qui lui-même évoquait la boucle, c'était *Enso*, le cercle zen, le perpétuel recommencement du livre.

Bilodo, songeur, referma le manuscrit. Il regrettait qu'on en ait rejeté la publication. L'œuvre rassemblait les meilleurs poèmes de Grandpré, ce qu'il avait écrit de plus achevé, et un tel refus paraissait injuste : les types de la maison d'édition se mettaient évidemment le Roseau dans l'œil. Mais, après tout, ils n'étaient pas les seuls éditeurs au monde. Interrogeant de nouveau le Web, Bilodo obtint une liste des principaux éditeurs de poésie québécoise et prit une décision : il présenterait le manuscrit ailleurs. Quelqu'un quelque part finirait bien par se montrer clairvoyant.

Il allait faire publier le recueil. C'était un devoir posthume dont il se sentait investi. N'était-ce pas le moins qu'il puisse faire pour honorer la mémoire de Grandpré, ce pionnier qui avait tracé pour lui un sentier menant à Ségolène ?

Quatorze

Au fond du canot
suffoque le poisson-coffre
il se noie dans l'air

Être une grenouille
et respirer par la peau
meilleur des deux mondes

Goutte de pluie sur la feuille
pour la coccinelle
c'est un cataclysme

Le maître fidèle
se penche et ramasse
Qui tient vraiment la laisse ?

Flots de Désirade
purs et lumineux
comme un tanka de Bashô

❏

Bilodo commençait à connaître un peu Bashô, ce
fameux auteur de haïkus du XVIIe siècle, mais qu'était-ce
donc déjà qu'un *tanka* ? Le mot ne lui était pas étranger.

Il se rappelait l'avoir survolé lors de ses recherches littéraires, l'automne précédent.

Il lui fut facile d'en retrouver la trace dans les livres de
Grandpré. Le *tanka*, c'était la forme classique la plus
ancienne, la plus élevée de la tradition poétique japonaise,
dont l'art était exclusivement pratiqué à la Cour
impériale. C'était l'aïeul du haïku, l'ancêtre vénérable
dont il était issu. Il s'agissait d'un poème plus ample,
comptant cinq vers au lieu de trois, et construit en deux
parties : la première, un tercet de dix-sept syllabes, n'était
autre que ce bon vieux haïku, auquel on ajoutait un
distique, divisé en deux vers de sept syllabes, qui lui venait
comme en réponse, et qui le relançait. Bilodo apprit que
chacune des deux formes avait sa vocation particulière : à
la différence du haïku, poème bref qui s'adressait aux sens
et s'intéressait à l'observation de la nature, le *tanka* se
voulait lyrique, exquis, raffiné ; il avait pour propos
l'exploration de thèmes et de sentiments nobles tels
l'amour, la solitude, la mort, et se dédiait à l'expression
d'émotions complexes.

Bilodo frémit. Comment fallait-il interpréter cette
allusion de Ségolène au *tanka* ? S'agissait-il d'un message
subtil, d'une invite ?

Une forme favorisant l'expression des sentiments.
N'était-ce pas justement ce à quoi Bilodo aspirait ? Ne lui
était-il pas arrivé de se sentir coincé aux entournures par
les limitations qu'imposait le haïku ? Franchement, n'en
avait-il pas assez d'évoquer la météo, les petits oiseaux et
les cordes à linge ? N'était-il pas temps d'envisager de plus
grandes et belles choses, de faire éclater les coutures du
vêtement trop étroit ? N'avait-il pas le désir d'aller plus
loin, d'ouvrir enfin son cœur ?

Bilodo enfila son kimono puis se mit à écrire, pressé
d'expérimenter cette forme inédite, et fut surpris de la
facilité avec laquelle elle se laissait apprivoiser. Ça venait

tout seul, ça lui tombait dans les mains comme un fruit mûr :

Certaines fleurs paraît-il
mettent sept ans à éclore
Il y a longtemps
que je veux vous dire
tout l'amour que j'ai pour vous

Assez fier de ce premier *tanka*, Bilodo, euphorique, s'empressa d'aller le mettre à la poste. Ce ne fut que plus tard, son taux d'adrénaline revenant à la normale, qu'il commença à réfléchir, et que le doute s'installa.

❏

À bien y penser, était-ce sage d'expédier à Ségolène un poème si différent de ceux qu'elle recevait d'ordinaire ? Ce n'était pas de la forme qu'il se souciait mais du contenu : comment la jeune femme accueillerait-elle cette déclaration explicite, cette intrusion subite dans le domaine autrefois réservé des sentiments ? Ne fallait-il pas craindre que ça l'indispose ? Est-ce que leur douce complicité ne risquait pas d'en souffrir ? Bilodo n'avait-il pas trop osé ?

Il regrettait maintenant son impétuosité, mais le mal était fait : le *tanka* reposait au fond de la boîte postale de l'autre côté de la rue, désormais irrécupérable. En théorie, du moins. Robert, en sa qualité de préposé à la levée du courrier, ne devait-il pas se pointer en fin d'avant-midi ?

Peu avant l'heure, Bilodo sortit pour aller attendre Robert sur place, déambulant devant la boîte postale comme une sentinelle névrosée, sourd au ramage des oiseaux que ramenait du Sud un nouvel avril. Au bout d'une demi-heure enfin, la camionnette apparut. Elle se rangea le long du trottoir, et Robert en descendit,

manifestant haut et fort sa joyeuse surprise de trouver là
son vieux pote Libido. Abrégeant les effusions, Bilodo
expliqua à son ami le service qu'il attendait de lui. Robert
se montra d'abord réticent, objectant que ce qu'il
demandait était tout à fait irrégulier, mais ce n'était que
pour le faire languir un peu : que pesaient en vérité
quelques règlements idiots au regard de l'insécable lien
fraternel qui les unissait ? Après avoir soulagé la boîte
postale de son contenu, le préposé fit monter Bilodo avec
lui dans la camionnette, et là, à l'abri des regards indis-
crets de la populace, il vida son sac, l'invitant à récupérer
cette fameuse lettre qu'il disait avoir postée par erreur.
Bafouillant de gratitude, Bilodo éparpilla les divers
paquets, enveloppes, seringues usagées, chandails de
hockey volés, et autres trucs infâmes qu'avait excrétés la
boîte, et trouva sa lettre. Tout danger était désormais
écarté, et Bilodo se sentit soulagé, quoique vaguement
déçu, sans trop savoir pourquoi. Les yeux fureteurs de
Robert avaient cependant déchiffré l'adresse sur l'enveloppe. N'ayant pas cru un seul instant la mauvaise excuse
de Bilodo, et flairant qu'il y avait là-dessous affaire de
dame, le préposé exigea de savoir qui était cette Ségolène
à qui il écrivait en Guadeloupe. Bilodo dissimula instinc-
tivement la lettre dans sa veste. Tout reconnaissant qu'il
fût envers Robert, il refusa de parler, déclara que c'était
strictement confidentiel. Contre toute attente, Robert se
garda d'insister, mais le prévint qu'il n'allait pas s'en tirer
sans prendre au moins un verre avec lui après le travail
pour fêter ça. Bilodo hésita, connaissant les risques de
dérapage associés à ce genre d'invitation, mais, après ce
que Robert venait de faire pour lui, comment refuser ?

Quinze

B ilodo rêvait qu'il entendait rire. S'éveillant, il mit un
moment à se rendre compte qu'il était étendu tout
habillé sur le futon, avec les stores ouverts et le soleil
matinal étampé en pleine face. Il voulut se lever, puis
renonça, terrassé par une douleur lancinante qui lui fraisait
le crâne. Le souvenir des excès de la veille lui revint par
bribes. Il y avait ce pub de la rue Ontario où ils avaient
commencé la soirée, ces verres de scotch qui s'étaient
succédé sur le zinc. Ensuite, c'était déjà moins clair : il y
avait ce club de danseuses de la rue Stanley, cette alcôve où
de charnelles beautés se déhanchaient en gros plan, puis ce
salon de massage où Robert l'avait traîné de force, puis
cette pizza hawaïenne ingérée sur la banquette d'un restaurant irradié, puis cet autre lieu encore — un bar ? une
discothèque ? — dans lequel sa mémoire s'éteignait
définitivement. Et il y avait les questions. Ces questions
indiscrètes de Robert l'interrogeant encore et encore au
sujet de la lettre, de Ségolène, et revenant inlassablement à
la charge à mesure que la soirée avançait, que les choses
dégénéraient. Le préposé avait évidemment voulu profiter
de son abrutissement éthylique pour lui extraire des
narines un maximum de lombrics. Que lui avait révélé
Bilodo ? Il dut s'avouer qu'il n'en avait aucune idée.
Qu'avait-il dit à Robert ? Que s'était-il passé durant ces
bouts noirs qui hachuraient le film mental de la soirée ?

Le rire de son rêve retentit de nouveau, sauf que Bilodo était bien réveillé cette fois. Cela provenait de la pièce voisine. On riait dans le salon. Bilodo, stupéfait, reconnut le braiment caractéristique de Robert et comprit que le préposé était là, juste à côté. Une giclée de nouvelles données mémorielles lui éclaboussa l'esprit : il se souvint tout à coup qu'au terme de la folle virée, aux plus minuscules heures de la nuit, il s'était stupidement laissé reconduire chez lui par le préposé. Son nouveau chez-lui ! Sa retraite secrète !

Il se rappela l'étonnement aviné du préposé apprenant qu'il avait déménagé sans rien dire à personne, le petit cachottier, puis découvrant le décor japonais de sa nouvelle tanière. Il revoyait Robert explorant les lieux en quête d'une éventuelle geisha, vidant une bouteille de saké, pissant dans la baignoire, renversant la petite table à thé, puis s'effondrant sur le tatami et ronflant comme un B-52 cherchant une cité à atomiser. La migraine de Bilodo le tarauda. Quelle impardonnable bêtise ! Le secret de sa forteresse intime était maintenant révélé. Robert savait. Il était là, dans le salon, et il riait. Qu'est-ce qui pouvait tant l'amuser ?

Parvenant à se lever malgré le mal de mer, Bilodo navigua jusque dans le couloir. Le rire de Robert fusa de nouveau. S'appuyant au mur, Bilodo atteignit le seuil du salon et y trouva Robert évaché en bobettes et camisole dans le fauteuil à roulettes près du bureau. Il était en train de lire quelque chose qu'il trouvait évidemment fort comique. Et cette chose était un haïku de Ségolène.

Le tiroir était ouvert. Les poèmes de la jeune femme étaient éparpillés sur le bureau, et Robert en tenait quelques-uns à la main, les profanant de son regard impie tout en se grattant la poche, osant même les réciter de sa voix éraillée de pithécanthrope :

— *Ils font les gros durs/dans leurs habits d'avalanche/mais ont le cœur tendre*, fit Robert en s'esclaffant. Une pipe avec ça ?

À cette vision du préposé en sous-vêtements qui tenait entre ses gros doigts pourris les délicats poèmes de Ségolène et les souillait de son regard torve, de son rire gras, Bilodo sentit son sang se cristalliser dans ses veines. D'une voix blanche de robot sur le point d'enfreindre la Première loi, il ordonna à Robert de rendre les feuillets, mais celui-ci ne semblait pas pressé d'obtempérer :

— Attends, fit-il en feuilletant les poèmes. Les autres sont encore plus poches.

Et le préposé récidiva, lisant un nouvel haïku d'une ridicule voix de fausset. Bilodo s'avança. Ayant prévu le coup, Robert sauta hors du fauteuil et courut à l'autre bout de la pièce. Bilodo le poursuivit, voulant à tout prix récupérer les précieux poèmes. Déjouant enfin les manœuvres du méchant pitre, il parvint à les saisir, mais l'autre idiot refusait de lâcher prise, et ce qui devait arriver arriva... Bilodo, abasourdi, considéra les fragments de feuillets déchirés que tenait encore Robert, puis ceux qui se trouvaient dans sa propre main.

— Oups ! fit Robert en pouffant.

— Dehors, ordonna Bilodo d'une voix décolorée.

— Relaxe, rétorqua effrontément le préposé. On ne va pas s'énerver pour trois ou quatre poèmes de merde.

Avait-il bien dit « merde » ? Aussi vite qu'il s'était solidifié, le sang de Bilodo fusionna, atteignant d'un coup le point d'ébullition. Son poing se serra et fila, percuta le nez de Robert qui fut projeté à travers les cerisiers du paravent et s'écrasa avec fracas sur la table basse de l'autre côté. Bilodo lui arracha des doigts les bouts de feuillets déchiquetés. Le préposé, éberlué, se releva tant bien que mal en tenant son nez sanguinolent et eut le culot de le prendre mal. Blasphémant et gesticulant, il voulut frapper à son tour, mais son coup ne fit qu'effleurer l'oreille de Bilodo qui répliqua en lui logeant une solide droite dans le buffet. Robert se dégonfla, se vidant de toute agressivité en même temps que de son oxygène. Bilodo en profita pour l'attraper par la camisole, et le véhicula dans l'entrée, prenant à peine le temps d'ouvrir la porte avant de le balancer dehors. Projeté dans l'escalier, Robert descendit trois marches sur les fesses. Bilodo lui jeta ses vêtements et verrouilla la porte.

Il n'en revenait pas. Lui qui n'avait jamais fait de mal à une mouche sans regretter de ne pouvoir d'abord l'anesthésier, il venait de frapper son meilleur ami. Son ex-ami, en fait. Mais il avait pour le moment un plus urgent souci. L'heure était grave : certains des plus charmants haïkus de Ségolène étaient en lambeaux. Indifférent aux insultes et autres sommations que Robert proférait à l'extérieur comme aux coups violents qu'il assénait à la porte, Bilodo sortit un rouleau de ruban gommé, et s'appliqua à recoller les feuillets vénérés. Dehors, Robert en était aux menaces, jurant qu'il n'allait pas s'en tirer comme ça, qu'il ne l'emporterait pas en paradis, mais Bilodo n'entendait rien, totalement absorbé qu'il était par la délicate intervention chirurgicale visant à reconstituer les vers mutilés.

Ce ne fut que plus tard, bien après que les cris de Robert se furent éteints, et une fois la poésie de Ségolène entièrement restaurée, que Bilodo, cherchant dans la poche de sa veste la lettre non expédiée qu'il y avait rangée la veille, se rendit compte qu'elle n'était plus là. Elle avait disparu avec le *tanka* qu'elle contenait.

Il ne se rappelait pas ce qu'il avait pu en faire. L'avait-il bêtement égarée pendant les galipettes de la nuit passée, ou était-ce cette crapule de Robert qui la lui avait piquée ?

Seize

Débarquant à midi au Madelinot, Bilodo vit que Robert était assis avec l'inévitable bande de collègues dans le coin des postiers. Difficile de ne pas remarquer l'enflure et les coloris anormaux de son nez. Bilodo sentit se concentrer sur lui un feu de regards hostiles ; Robert avait évidemment fait circuler une version toute personnelle de l'attaque nasale. S'efforçant d'ignorer l'animosité ambiante, Bilodo s'installa au comptoir. Tania vint déposer un bol de soupe devant lui, et il commença d'y pagayer en se demandant par quel bout aborder la délicate affaire du *tanka* escamoté. Robert l'avait-il effectivement en sa possession ? Impensable de lui poser directement la question, surtout devant les autres. Comment savoir sans se compromettre, sans risquer de voir le préposé profiter de la situation d'une manière ou d'une autre et, le cas échéant, comment récupérer la lettre sans subir l'humiliation de devoir lui présenter des excuses, ou pire encore, selon sa détestable humeur ? Bilodo mastiqua distraitement son pâté chinois, espérant que Robert clarifierait lui-même les choses en venant préciser le montant de la rançon, mais ce ne fut pas le cas : rien dans l'attitude du préposé ne laissait croire qu'il eût à son égard d'autre intention que celle de le haïr jusqu'à la fin des temps.

Après dîner, sortant des toilettes, Bilodo faillit entrer en collision avec Tania qui se tenait là, à côté de la porte, en train de l'attendre. Rayonnante, la jeune femme déclara qu'elle désirait le remercier. Pour le poème, bien entendu. Et Bilodo vit qu'elle tenait à la main un feuillet. Le *tanka*!

L'œil humide de bonheur, Tania expliqua quelle agréable surprise cela avait été pour elle de trouver le poème sur le comptoir, avec l'addition et l'argent pour payer. Elle avoua que ça la touchait énormément et baissa pudiquement le regard avant d'ajouter, en rougissant, qu'elle éprouvait des sentiments analogues. Bilodo, estomaqué, comprit enfin : elle croyait que le *tanka* lui était destiné, qu'il l'avait écrit pour elle comme promis, et que... C'était tellement énorme qu'il en eut le sifflet coupé. Incapable d'aligner trois mots cohérents, et encore moins de détromper Tania, il ne put que grimacer un sourire niais. Attribuant sans doute son trouble à la timidité, la jeune femme eut le tact de ne pas insister et se contenta de le regarder une dernière fois en brillant des yeux avant d'aller reprendre son service. Bilodo recommença à respirer. Non contente de le dépasser, la situation venait de prendre un tour d'avance. Pas nécessaire de chercher bien loin l'auteur de cette ignoble machination : là-bas, à l'autre bout de la salle, le sourire diabolique de Robert suffisait à tout expliquer. Comme il savourait bien sa vengeance, le salaud. Bilodo attrapa sa veste et se dépêcha de s'éclipser, non sans répondre au petit salut empreint de délicieux sous-entendus que lui adressait Tania. Furieux, il alla attendre Robert près de sa camionnette.

Le préposé s'amena dix minutes plus tard. Affichant toujours ce rictus jubilatoire dont il avait l'odieux secret, Robert s'informa de la date du mariage. Bilodo, indigné, lui reprocha de mêler hypocritement Tania à un différend qui ne concernait qu'eux. Narquois, Robert l'assura qu'il avait seulement voulu faire plaisir à Tania, bien qu'il n'eût jamais compris pourquoi elle en pinçait si fort pour un sale con comme lui. Con, Bilodo admit qu'il devait bien l'être un peu pour ne pas s'être aperçu plus tôt que Robert était un chien sale de la pire espèce. Le préposé rétorqua que c'était toujours mieux que d'être un imbécile de trou de cul et prévint Bilodo qu'il n'avait encore rien vu, que c'était désormais la guerre entre eux. À la suite de quoi, il démarra sur les chapeaux de roues.

Sachant pour l'avoir déjà vu à l'œuvre que Robert pouvait se montrer implacable quand il le voulait, Bilodo passa le reste de la journée à s'inquiéter des formes diversement angoissantes qu'étaient susceptibles de prendre ses menaces. En ce qui concernait Tania en tout cas, une chose était sûre : si décevant que ce puisse être pour elle, il devait lui dire la vérité.

❏

Les menaces de Robert ne tardèrent pas à se concrétiser. Le lendemain, en arrivant au Centre de tri, Bilodo, atterré, trouva sur le tableau d'affichage de la salle des employés une photocopie de son *tanka* faussement signé de son nom et reproduite sur du papier rose pour un plus grand impact visuel. D'autres copies avaient été distribuées à la grandeur du Centre, particulièrement dans les cubicules de tri d'où s'élevaient des rires. Il semblait que l'univers tout entier eût pris connaissance du poème. C'était la blague du jour ; nul ne croisait Bilodo sans y aller de sa petite allusion à l'amour, aux fleurs ou à l'horticulture en général. N'y pouvant rien, le facteur se retrancha dans un silence farouche, supportant stoïquement l'avanie. Le moment de prendre enfin la route lui parut une véritable délivrance, mais trois heures de marche rapide suffirent à peine à le remettre de ses émotions.

Peu avant midi, Bilodo se dirigea vers le Madelinot, fermement décidé à parler à Tania, à lui révéler la vérité, mais il comprit en passant la porte du restaurant que les manigances de Robert l'avaient précédé : on l'évitait du regard et les conversations s'éteignaient à son passage, sauf dans le coin des postiers où ça ricanait ouvertement autour d'un Robert à l'œil mauvais, au nez maintenant violacé. L'apercevant, Tania fit comme si elle ne le connaissait pas et disparut dans la cuisine.

— Ségolène ! Ségolène ! bramaient langoureusement les zouaves à l'autre bout.

Bilodo blêmit. À cet instant précis, il aurait donné cher pour être aux antipodes. Il faillit tourner les talons, puis se rappela qu'il devait d'abord parler à Tania et s'avança courageusement. Bravant les bêlements, calembours et autres fines allusions poétiques, il alla s'asseoir au comptoir.

— Ségolène ! Emmène-moi dans ta chaloupe en Guadeloupe !

Bilodo serra les poings, se demandant combien de temps il allait pouvoir tenir. Tania ressortit de la cuisine avec un plateau de nourriture. Il lui fit signe, mais elle l'ignora souverainement, allant plutôt porter leur repas aux postiers. Ceux-ci ne ratèrent pas une si belle occasion de la taquiner et lui demandèrent si elle comptait passer ses vacances en Guadeloupe cette année, si elle n'était pas trop jalouse de sa rivale, si elle était disposée à former un ménage à trois, puis firent remarquer que son fiancé Libido l'attendait au comptoir et que, si elle se dépêchait, elle aurait sans doute droit à un autre beau poème d'amour, rien que pour elle cette fois. Tania acheva de les servir sans desserrer les lèvres, mais il était évident qu'elle fulminait. Enfin, semblant estimer que Bilodo avait suffisamment mariné, elle se présenta de l'autre côté du comptoir pour prendre sa commande, glaciale à en couler une douzaine de *Titanic*. Que voulait-il ? Une autre poire comme elle ? Ou plutôt une belle dinde ? Un cobaye pour tester un nouveau poème ? Navré, Bilodo répondit qu'elle se méprenait, qu'il devait lui parler en particulier, mais la serveuse répliqua que c'était inutile, qu'ils s'étaient déjà tout dit, et jeta sur le comptoir une boule de papier froissé.

— Tiens, ton poème, Libido ! fit-elle cinglante.

Des applaudissements fusèrent du coin des postiers, et aussi d'ailleurs dans la salle, car Tania ne manquait pas de supporteurs : tous les dîneurs suivaient avec intérêt le déroulement de l'action. Poursuivant la serveuse jusqu'aux portes de la cuisine, Bilodo lui jura à voix basse que ce n'était pas sa faute, que le poème ne lui était pas destiné et n'aurait jamais dû lui être remis, mais Tania, qui n'était que méfiance, demanda pourquoi il ne lui avait pas dit ça la veille au lieu de la laisser se ridiculiser. Coupant court aux balbutiements de Bilodo, elle déclara qu'elle ne voulait plus rien savoir de leurs petits jeux malsains, à Robert et à lui : qu'ils se trouvent une autre victime et la laissent tranquille. De nouveaux applaudissements vinrent appuyer cette vibrante injonction. Fondant en larmes, Tania se réfugia dans la cuisine, remplacée sur le seuil par monsieur Martinez, le cuistot de l'établissement, qui pesait un bon cent trente kilos d'hostilité, sans compter son couteau de cuisine. N'ayant d'autre alternative que de battre en retraite, Bilodo sortit en toute hâte de ce restaurant où il n'était plus qu'un paria. Il voulait fuir très vite et aller se cacher au bout du monde, mais la rue tanguait sous ses pas ; ses jambes le trahissaient, et il fut obligé de s'asseoir sur les marches du premier escalier venu pour éviter l'effondrement. Il était encore là cinq minutes plus tard, luttant contre le désarroi, s'efforçant de reprendre le dessus, de digérer le chlorhydrique brouet de honte et de colère qui lui malaxait les entrailles, lorsque les postiers émergèrent du Madelinot, Robert en tête. Le préposé passa devant Bilodo, goûtant visiblement le triste spectacle de sa déchéance, et continua sans s'arrêter, triomphalement escorté par ses acolytes qui entonnaient un hymne dédié aux beautés exotiques de l'archipel guadeloupéen. N'ayant pas la force de protester, Bilodo baissa les yeux et se perdit dans la contemplation des replis du *tanka* chiffonné qu'il tenait toujours dans sa main... Puis il le regarda plus attentivement et le défroissa, se rendant compte qu'il s'agissait d'une autre photocopie, et non de l'original! Galvanisé, il héla Robert qui était déjà cent mètres plus loin avec ses sbires. Le préposé consentit à l'attendre tandis que Bilodo le rejoignait en courant. L'heure n'étant plus aux subtilités, Bilodo somma Robert de lui rendre sa lettre. Amusé par cette requête, le préposé déclara qu'il ne l'avait plus, son poème merdique, qu'il l'avait tout simplement posté, puis il s'éloigna, entouré de sa meute. Bilodo resta sur place, pétrifié par cette révélation : le *tanka* était en route.

Après toutes ces tribulations, c'était le retour au point de départ. *Enso.*

Dix-sept

L e *tanka* s'acheminait inexorablement vers Ségolène, et toute autre considération avait été balayée. Les machinations de Robert, la douleur de Tania, les Postes, la vie, la mort, rien de tout cela n'avait désormais d'importance pour Bilodo. Avait-elle reçu le poème? L'avait-elle lu? Était-ce le choc, la stupeur? l'ennui, la déception? la dérision? Ou au contraire était-elle émue, séduite, et tout allait-il pour le mieux? Voulant privilégier cette dernière hypothèse, Bilodo se rassurait au souvenir de la réaction initiale de Tania lorsqu'elle avait lu le *tanka*: ne laissait-elle pas présager favorablement de celle de Ségolène? Puis, il repensait au jugement que Robert avait porté sur le poème et n'était plus sûr de rien. Merdique! avait déclaré le préposé. Se pouvait-il que, par un affreux hasard, il eût raison? Bilodo en faisait des cauchemars. Il voyait en songe s'entrouvrir des lèvres géantes qui articulaient le mot avec mépris:

— Merdique.

Et ces lèvres étaient celles de Ségolène, ces lèvres d'un rouge cruel, ces dents blanches de prédateur, cette bouche impitoyable qui redisait encore le mot assassin:

— Merdique.

Et c'était chaque fois comme un coup de poignard dans son cœur, car il savait que c'était vrai, qu'il était merdique, son poème, et qu'elle avait mille fois raison de le répéter pour le punir de sa bêtise. Et les dents de Ségolène déchiraient le *tanka* en mille fragments qui papillonnaient en tous sens, s'éparpillant aux quatre coins du néant impassible, et, sur ces bouts de papier, Bilodo pouvait voir son propre visage reflété comme par autant de glaces minuscules, sa détresse multipliée à l'infini...

Il rêvait de cela, et en s'éveillant, il n'était vraiment plus sûr de rien, et c'était reparti pour un autre tour sur le manège de l'angoisse. Alors il se demandait s'il ne devait pas agir de manière préventive au lieu d'attendre, s'il ne devait pas écrire à Ségolène et tout lui avouer, lui apprendre que Grandpré était mort, qu'il n'était qu'un pauvre imitateur, et ainsi soulager au moins sa conscience, puis il se ravisait et se raisonnait encore une fois, sachant que c'était impossible, que c'eût été se trahir et sonner le glas de cette précieuse correspondance qui était encore et toujours et plus que jamais le sel de son existence.

Bilodo pouvait en témoigner, lui qui oscillait telle une girouette entre l'espérance et la résignation : rien n'était pire que l'attente quand elle se doublait d'incertitude.

❏

La réponse de Ségolène arriva enfin. Quittant son cubicule, Bilodo courut se barricader dans les toilettes. S'apprêtant à connaître le prix de son audace, il retint son souffle et déplia le feuillet. Un poème de cinq vers. Elle lui répondait par un *tanka* :

> *Nuit de canicule*
> *peaux moites des draps*
> *brûlent mon ventre et mes lèvres*
> *Je vous cherche, je m'égare*
> *je suis cette fleur éclose*

Bilodo cligna des yeux, croyant avoir lu de travers, mais pourtant non. Il n'y avait pas d'erreur. Les mots étaient bien ceux-là, les vers étaient bien ces vers, et le poème, ce poème.

Il s'était attendu à une lettre désapprobatrice, ou peut-être à un simple haïku du genre de ceux qu'ils avaient coutume de s'écrire, ou encore, dans le plus heureux des cas, à un *tanka* romantique tel que le sien, mais certainement pas à ça, ce débordement de sensualité, ce poème torride. Qu'est-ce qui lui avait pris ? Éprouvant un tiraillement dans la région pelvienne, Bilodo se rendit compte qu'il était érigé, étonnante manifestation physiologique qui acheva de le déconcerter. Jamais une lettre de Ségolène n'avait provoqué chez lui une telle réaction. Non que ce fût la première fois qu'il bandât en son honneur, bien au contraire ; cela lui arrivait tout le temps lorsqu'il rêvait d'elle. Mais comme ça, au grand jour, sans l'excuse commode de l'inconscience ?

C'était évidemment dû à la teneur particulière du *tanka*, à tout cet érotisme dont il était empreint. Ségolène avait-elle prévu l'effet que provoquerait son poème ? Était-ce accidentel ou délibéré ? Comment Bilodo était-il supposé prendre la chose ? Qu'allait-il pouvoir répondre à ça ?

❏

Il rêva cette nuit-là d'un serpent qui rampait parmi des fougères et s'insinuait subrepticement entre les racines brunes et lisses d'un arbre au tronc orné de lianes. Sauf que l'arbre n'était pas un arbre mais un corps, le corps nu de Ségolène endormie avec sa flûte à côté d'elle. Doucement pour ne pas la réveiller, le serpent grimpait sur sa gorge, se lovait autour de ses membres, se glissait entre ses seins, descendait sur son ventre, goûtait l'air de sa langue bifide, puis s'aventurait plus bas encore vers cette vallée sombre, ce triangle touffu entre ses cuisses... Subjugué par ce rêve ophidien, Bilodo se réveilla excité comme jamais, quoique ce fût pratiquement son état normal depuis la veille : l'érection persistait, impérieuse, ne discontinuant brièvement que lorsqu'il parvenait à penser à autre chose qu'au *tanka* de Ségolène. Relisant ce dernier, Bilodo se demanda encore une fois si sa perception était juste, si la coloration sexuelle qu'il attribuait au poème n'était pas le fruit de sa propre imagination perverse, et vint à la conclusion finale que ce n'était pas le cas. Le *tanka* était cochon, point. Que Ségolène l'eût écrit en toute ingénuité ou que ce fût à dessein, il n'y avait qu'une seule manière d'y répondre adéquatement :

> Vous n'êtes pas que la fleur
> vous êtes tout le jardin
> Vos parfums m'affolent
> j'entre dans votre corolle
> et je vous butine

Dix-huit

L'océan lèche la grève
l'embrasse de son ressac
ainsi nos lèvres s'effleurent
se fuient et se frôlent
s'épousent enfin

Chocolat de Pâques
œuf enrubanné
votre épaule dénudée
dont a glissé la bretelle
je la croquerais tout rond

Tendre anthropophage
si vous me croquez
il faudra me manger toute
ou sinon ce sera vous
qui finirez sous ma dent

Je serai le vent
fou dans vos cheveux
en ravissant le parfum
me glissant sous votre jupe
impatientant votre peau

Mes orteils s'agitent
se recroquevillent
électrisés de plaisir
C'est à cause de mes doigts
je pense trop fort à vous

❏

C'était une douce ivresse, une fièvre voluptueuse qui faisait vivre deux fois plus fort, un courant tumultueux contre lequel on n'avait nulle envie de lutter, auquel on ne pouvait que s'abandonner, et d'ailleurs Bilodo ne désirait rien d'autre. Il n'ambitionnait que de pousser plus loin la sensuelle expérience, l'audacieuse épellation anatomique, et d'aller jusqu'au bout du vertige. Cette quête l'occupait tout entier. Il ne mettait presque plus le nez dehors et restait indifférent aux charmes de mai, mois qu'il préférait pourtant à tout autre. Il n'était pas retourné au Madelinot; mortifié de ce que Tania ait pu croire qu'il avait voulu la ridiculiser, il n'osait plus se présenter devant elle. D'ailleurs, il n'allait plus travailler. Ne supportant plus l'opprobre dont il était victime au Centre de tri, il avait demandé et obtenu un congé sans solde de six mois. Disposant ainsi de tout son temps, il se consacrait entièrement à Ségolène.

❏

Votre gorge à l'horizon
dune aux pentes satinées
En goûter le miel
m'y désaltérer
comme un vampire amoureux

Égarée dans l'erg
ma bouche rampe assoiffée

enfin là-bas l'oasis
le bout de ma langue y plonge
c'est votre nombril

Lisses fuseaux de vos jambes
que capte un rayon lunaire
pour les modeler
le sculpteur a pris
le plus fin des acajous

Vos mains me soulèvent
me prennent, me plient
me façonnent, m'incendient
font de moi ce qu'elles veulent
Je suis un jouet entre elles

Sous l'écran de votre robe
à la croisée de vos cuisses
un fleuve se cache
secret Amazone
Laissez-moi le remonter

Le tissu de votre peau
glisse sur la mienne
J'aimerais pouvoir l'y coudre
pour faire qu'elles se touchent
partout à la fois

❏

Le *tanka* était-il vraiment le meilleur outil lorsqu'il
s'agissait de ciseler le désir? Cette forme qui avait si bien
servi Bilodo lorsqu'il était question d'expliciter les sentiments commençait maintenant à lui peser, lui semblait
trop cérébrale. Cherchant un moyen de délester sa plume,

il décida de revenir à la simplicité fondamentale du haïku, mieux apte, croyait-il, à faire sourdre les pulsions arté-siennes.

> Vos seins — monts jumeaux
> sous mes doigts se dressent
> leurs fiers sommets érectiles

Et Ségolène dut apprécier l'initiative puisqu'elle se pressa d'emprunter le même raccourci :

> *Robuste racine*
> *vibrant dans ma main*
> *gorgée de sève brûlante*

L'histoire de la naissance du haïku se trouvait ainsi répétée : dépouillée des mots en trop comme de vête-ments abandonnés sur le chemin de la chambre, la poésie se révélait dans son essentielle nudité. Mais Bilodo n'était pas satisfait : n'en pouvant plus de la lenteur de la poste ordinaire, il passa aux envois exprès. Ségolène fit de même, et le délai d'attente s'en trouva raccourci. L'échange s'accélérait, la respiration se faisait haletante, mais ce n'était pas encore assez rapide pour Bilodo qui commença à expédier des poèmes à la Guadeloupéenne sans même attendre qu'elle y réponde, lui écrivant bientôt un haïku par jour. Et Ségolène aussi se mit à lui envoyer haïku après haïku sans plus se soucier d'attendre les siens. Une nouvelle lettre d'elle tombait presque chaque matin sur le paillasson. Les poèmes se précipitaient, se bousculant sans plus aucune continuité chronologique, mais continuant pourtant de se répondre d'une manière étrange :

Fleur de votre chair
dont les doux pétales
dissimulent une perle

Aventurez-vous
au plus chaud de moi
arrimez-vous à mon ventre

Me voici j'avance
ton ventre m'accueille
toutes tes bouches m'avalent

Tu voyages en moi
contemple mon paysage
nage dans mon lac

Je voyage en toi
je pénètre jusqu'au cœur
de ta capitale

Tremblement de mer
j'explose en dedans
intime supernova

Tsunami de feu
déferlent les laves
je meurs éternellement

La vague me porte
je n'ai plus de nom
je ne suis qu'une couleur

Peaux d'astres — voiles tendues
que le vent solaire
pousse à l'infini

Dix-neuf

On ne saurait planer à jamais. Finalement rattrapé par la gravité, Bilodo revint sur terre, encore abasourdi par la lente détonation de cet orgasme poétique qu'il venait de connaître. C'était donc vrai que l'amour donnait des ailes. Jamais il n'avait étreint une femme comme il venait de le faire là-haut, dans les sphères. Il avait senti Ségolène si proche, tout entière à lui, tout en lui comme il avait été tout en elle, et savait qu'elle aussi avait ressenti cette déflagration intérieure. Il en était sûr, elle avait joui en même temps que lui. Que pouvait-on encore écrire après cela? Quel poème pouvait-on faire qui ne déçoive après un si complet assouvissement de la passion? Peut-être quelque chose de doux soufflé à l'oreille de l'amante juste avant le sommeil?

Cherchant une idée, Bilodo endossa son kimono, puis jeta un coup d'œil méditatif à la fenêtre et vit qu'une neige clairsemée chutait paresseusement dans la rue des Hêtres. L'hiver déjà? En avait-il donc perdu un si grand bout? L'été avait-il filé comme une comète sans qu'il s'en aperçoive, insensible qu'il était à tout ce qui outrepassait les limites de son monde intérieur? Puis, regardant mieux, il comprit que ce n'était pas de la neige qui tombait, mais du pollen qu'avait soulevé le vent, une pluie de pollen provenant des arbres du parc voisin. C'était à s'y méprendre. L'hiver en plein été. Ce tableau surréel s'accordait bien à l'humeur de Bilodo et lui procura l'inspiration de ce qu'il allait écrire :

Comme un duvet sur l'asphalte,
une ondée de confettis
chute la première neige
sur ton corps de nuit
épuisé d'amour

❏

Mascarade des nuages
la lune change de peau
tendre est ce moment
sur la véranda
où je ne pense qu'à vous

Un canyon aride
que n'irrigue aucun ruisseau
où rien ne croît
Telle est mon âme asséchée
entre chaque mot de vous

Il n'est aucun lieu
ni nulle minute
où vous ne m'accompagnez
Avant votre poésie
j'ignorais que j'étais seule

Il veille, le chien
sur sa maîtresse endormie
il mourra pour elle
Du pauvre fou que je suis
faites votre chevalier

Vous me faites trop d'honneur
Je suis votre humble servante
Mais si vos lubies l'exigent
je serai aussi
votre Dulcinée

Les moulins à vent
ne me font pas peur
les méchants géants non plus
Je ne crains que votre ennui
devant ma triste figure

Au mur du lycée
une vieille horloge
donne fidèlement l'heure
aux gens du quartier
Mon cœur ne bat que pour vous

❏

Regardant fortuitement un calendrier, Bilodo fut étonné de constater que le mois d'août était sérieusement entamé. Il y aurait bientôt un an que Grandpré avait quitté ce monde. Elle approchait rapidement, cette date fatidique qui avait vu l'existence de Bilodo basculer, mais c'était sans crainte ni tristesse qu'il la voyait venir, car bien plus qu'un décès, ce serait une naissance que marquerait cet anniversaire, une seconde naissance, la sienne, et aussi le début de sa tendre relation épistolaire avec Ségolène. L'événement n'aurait évidemment de signification que pour lui: à ses yeux à elle, il ne s'agirait que d'une journée comme les autres, mais l'achèvement de cette première année de félicité ne lui paraissait pas moins digne d'être commémoré, fût-ce discrètement:

Je n'étais qu'hiver
vos mots furent mon printemps
votre amour l'été
Que nous prépare l'automne
avec ses roux et ses ocres ?

Arrivant quelques jours plus tard, la réponse de
Ségolène plongea Bilodo dans les affres de l'horreur.
Ségolène aussi espérait beaucoup de l'automne…

Enfant je rêvais
de l'automne canadien
j'ai acheté mon billet
je m'envolerai le vingt
voulez-vous de moi ?

Vingt

L e beau rêve d'amour ensoleillé tournait au cauchemar. Qu'est-ce que c'était que cette folie ? Voir l'automne canadien ? Où voulait-elle en venir ?

C'était absolument impossible. Ségolène ne pouvait
débarquer ainsi à Montréal, sinon tout était fichu, tout
s'écroulerait. Comment l'illusion pourrait-elle tenir puisqu'elle connaissait l'apparence de Grandpré, puisqu'il y
avait ces maudites photos qu'ils avaient échangées ? Mais
comment la dissuader d'entreprendre ce voyage insensé ?
Comment lui dire non ?

Elle arriverait le vingt septembre, ce qui laissait à
Bilodo trois semaines pour trouver une parade, pour inventer un prétexte quelconque. Lui écrire qu'il devait lui-
même partir en voyage ? qu'il devait s'absenter du pays
pendant tout le mois de septembre et ne pouvait malheureusement l'accueillir ? Mais si elle proposait de remettre
sa venue à plus tard, après son retour ?

❏

Comment pouvait-elle être aussi idiote ? Ne se
rendait-elle pas compte qu'elle allait tout compromettre,
qu'elle mettait stupidement en péril cette parfaite relation
qui jusqu'alors avait été la leur ? Mais évidemment ce
n'était pas sa faute : elle ne pouvait pas savoir. Bilodo

devait admettre qu'il était le seul responsable de son malheur. N'aurait-il pas dû avoir la sagesse de prévoir ce qui risquait d'arriver, de pressentir qu'on en viendrait là tôt ou tard ? Comment avait-il pu être aussi aveugle ?

Que faire ? La prévenir qu'il avait subi récemment une chirurgie esthétique modifiant considérablement son apparence ? Ou alors fuir ? Déménager d'urgence ? Quitter cet appartement dont elle connaissait l'adresse, où elle se présenterait inévitablement à son arrivée ? La laisser seule devant l'inexplicable mystère de sa disparition ? Mais comment porter ensuite un tel fardeau de culpabilité, de lâcheté, d'espoir déçu ? Comment oublier, comment survivre ?

❏

Il n'y avait aucune échappatoire. Bilodo se savait coincé, aussi irrémédiablement piégé que la souris innocente sous le cruel acier de la trappe. C'était la fin du rêve douillet, l'éclatement de cette bulle bienheureuse dans laquelle il avait si longtemps flotté, et cette rupture l'emplissait d'une colère impuissante. Il ne pouvait se résoudre à la perdre, mais n'avait pas le courage de l'affronter. Toutes les options étaient pourries, toutes les portes closes. C'était l'impasse terminale.

❏

Il était tôt le lendemain lorsque le téléphone sonna. Indifférent, Bilodo laissa le répondeur s'enclencher là-bas, aux confins du salon. On laissait un message. C'était un éditeur, l'un de ceux auxquels il avait proposé le manuscrit *Enso*. Le type expliquait brièvement qu'il aimait beaucoup le recueil, qu'il désirait le publier, et demandait qu'on le rappelle sans tarder. Se dépliant de cette position fœtale dans laquelle il se trouvait recroquevillé depuis des heures, Bilodo se leva et alla réécouter le message. Le destin avait de ces ironies. Cette nouvelle dont il se serait réjoui la veille encore ne lui inspirait maintenant qu'amertume. À quoi bon? Qu'est-ce que la publication des poèmes de Grandpré pouvait changer à la situation inextricable dans laquelle il se trouvait, sinon pour la compliquer davantage? Est-ce que tout n'était pas fichu de toute façon?

Prenant le manuscrit, il l'ouvrit au hasard, un peu comme on ouvre un tarot en quête d'une révélation, et tomba sur ce haïku:

> Percer l'horizon
> voir derrière le décor
> embrasser la Mort

Le poème pénétra son âme, prenant tout à coup un sens inédit, et Bilodo comprit que c'était cela: la seule façon de s'en sortir, l'ultime solution à tous ses problèmes.

Il se dressa, sachant ce qu'il lui restait à faire.

Vingt et un

L'évidence s'imposait. C'était bien la voie qu'il fallait emprunter, mais non sans accomplir d'abord certains préparatifs. Bilodo rédigea un mot à l'intention de cet éditeur qui venait de téléphoner, l'autorisant à publier *Enso* à son gré. Il plaça la lettre sur le bureau pour être sûr qu'on la trouve facilement, puis octroya à Bill une double ration de son miam-miam préféré et fit ses adieux au poisson, le remerciant de son indéfectible amitié. Il était maintenant prêt à partir.

La grosse poutre ajourée qui ornait le plafond du salon ferait parfaitement l'affaire. Il poussa juste dessous la petite table en forme de feuille, puis retira la ceinture de son kimono et en testa la résistance. Satisfait, il plongea dans ses souvenirs d'enfance, remontant à l'époque insouciante où il faisait partie des louveteaux, et façonna sans difficulté un nœud coulant. Il tenait à faire les choses proprement. Pas question de se trancher les veines ou d'utiliser un pistolet, méthodes aussi dégoûtantes l'une que l'autre. Bilodo voulait s'en aller dignement, en ne laissant qu'un minimum de traces : la pendaison était sans doute le procédé le moins salissant.

Il grimpa sur la petite table, noua le bout de la ceinture à la poutre, puis serra le nœud coulant autour de son cou. Ça y était. Le moment d'embrasser la Mort. Il suffisait d'un coup de talon pour faire basculer la table et abréger ses souffrances. Bilodo inspira profondément, ferma les yeux et…

La sonnette de la porte vrilla le silence.

Bilodo tressaillit, hésita. Il décida d'attendre un peu, espérant que l'importun s'en irait sans insister, mais on sonna de nouveau. Il ressentit un curieux mélange de soulagement et de contrariété. Qui donc osait venir le déranger en ce moment crucial, lui qui n'avait reçu la visite de personne depuis des mois ? Retirant le nœud coulant, il descendit de la table, alla à la porte et inséra un regard par le judas. Le visage déformé qui apparut de l'autre côté était celui de Tania.

❏

Tania. Il l'avait presque oubliée. S'il était une dernière personne à qui Bilodo devait encore des explications, c'était bien la jeune serveuse. Vaguement craintif, il déverrouilla les trois serrures, défit les quatre chaînes de sûreté et ouvrit. L'apercevant dans l'embrasure, Tania parut encore plus surprise que lui. Le considérant avec inquiétude, elle lui demanda s'il allait bien et avoua qu'elle le trouvait fort changé. Bilodo n'en fut pas étonné : après tant d'émotions, et cette grave décision d'embrasser la Mort, il devait certainement arborer une tête d'enterré vif. Esquissant un sourire rassurant, il déclara ne s'être jamais mieux porté de sa vie. Visiblement peu convaincue, la jeune femme s'excusa de le déranger et expliqua confusément qu'elle avait eu son adresse par l'entremise de Robert. Bilodo voulut s'excuser à son tour de ce qui s'était produit la dernière fois au Madelinot, mais elle le devança, insistant pour s'attribuer une importante part du blâme : ayant cuisiné Robert et obtenu ses aveux, Tania savait maintenant que Bilodo n'était pas responsable de ce qui s'était passé, et elle estimait d'ailleurs que c'était surtout sa faute à elle, que rien ne serait arrivé si elle ne s'était complu à s'imaginer… des choses, n'était-il pas vrai ? Elle dansait sur place, nerveuse, évidemment embarrassée, semblant attendre qu'il confirme ce qu'elle venait de dire, ou l'infirme peut-être. Puis, comme rien ne venait, elle passa au second objet de sa visite et lui annonça qu'elle s'en allait, qu'elle déménageait, qu'elle quittait son emploi au restaurant et partait s'installer en banlieue. Espérait-elle une réaction particulière de sa part ? Son impassibilité la décevait-elle ? N'en laissant rien transparaître, elle lui tendit un bout de papier, expliquant qu'il s'agissait de sa nouvelle adresse au cas où… si jamais il voulait… en tout cas. Examinant le feuillet, Bilodo constata qu'elle s'était donné la peine de calligraphier soigneusement ses nouvelles coordonnées au pinceau, à la japonaise. Le résultat était du plus bel effet, et il l'en complimenta chaleureusement. Elle l'invita à lui faire signe si jamais ça adonnait. Il promit qu'il n'y manquerait pas. Qu'il n'hésite surtout pas, ajouta-t-elle encore avec un sourire contraint. Il y eut alors un moment de gêne silencieuse. Ils étaient là, plantés sur le balcon sans rien dire, sans oser se regarder, et ça dura bien une dizaine de secondes interminables. Rompant enfin cette stase, Tania déclara qu'elle devait y aller. Elle le salua et descendit les marches d'un pas raide. Sur le trottoir, elle se retourna pour voir s'il était toujours là, puis, accélérant le pas, elle se dépêcha de partir. Bilodo crut apercevoir un scintille-ment sur sa joue. Une larme ? La voyant s'éloigner, il fut envahi tout à coup par une puissante émotion. C'était comme un vide cuisant, comme une belle pensée qui avorte au moment de s'envoler, s'évanouissant avant même d'avoir pu prendre forme. Une boule brûlante obstrua la gorge de Bilodo, et il s'aperçut que des larmes lui brouillaient le regard. Il fut subitement tenté d'appeler Tania, de la héler avant qu'elle soit trop loin, et sa main se leva, se tendit vers elle, et il voulut crier, mais nul son ne parvint à franchir la frontière de ses lèvres. Atteignant le coin de la rue, Tania tourna à droite et se déroba à sa vue. La main de Bilodo retomba. Dans la rue, le vent se mordit la queue, faisant tourbillonner des bouts de journaux. Levant les yeux, Bilodo trouva le ciel bouché et gris, lourd de nuages obèses. Un ciel qui sentait l'orage. Il frémit, rentra.

❏

Bilodo referma distraitement la porte et contempla le feuillet sur lequel étaient écrites les nouvelles coordonnées de Tania, non moins fasciné par les caractères qui s'y trouvaient si joliment calligraphiés que par les potentialités nouvelles qu'ils suggéraient. Les lettres et les chiffres semblaient flotter à la surface du papier, luire dans la pénombre. Mesurant l'ampleur du changement que cette visite impromptue avait opéré en lui, Bilodo resta confondu : cette émotion qu'avait provoquée la larme de la jeune femme, et cet espoir insensé qui germait subitement du simple bout de papier qu'elle avait semé derrière elle. Y avait-il quelque chose d'une suprême importance qu'il se fût caché à lui-même ? Se pouvait-il qu'il y eût une issue autre que celles jusque-là envisagées, une meilleure façon de s'en sortir ? Existait-il réellement une possibilité de vie après la mort ou, mieux encore, avant ?

Arrivant dans le salon, il se figea net, se retrouvant devant le nœud coulant qui pendait du plafond. Bilodo sentit son estomac se révulser. La perspective de mourir, qui tantôt encore lui semblait salutaire, le terrifiait maintenant, et la pensée de l'acte qu'il avait failli commettre lui levait le cœur. En proie à une violente nausée, il courut vomir dans les toilettes. Se relevant enfin, il se sentit littéralement vidé et dut s'accrocher au lavabo pour ne pas s'effondrer. Il avait besoin de se rafraîchir. Il fit couler l'eau froide, s'aspergea copieusement le visage. Ces ablutions le réconfortèrent un peu. Il s'ébroua, puis jeta un coup d'œil pessimiste dans la glace, histoire de constater quelle tronche de zombi allait s'y refléter.

Ce qu'il vit l'épouvanta. Dans le miroir s'encadrait la tête échevelée et barbue de Gaston Grandpré.

Vingt-deux

B ilodo regardait sans y croire ce visage qui ne pouvait être là, qui n'aurait pas dû se trouver dans la glace à la place du sien puisqu'il appartenait à un mort. Voulant l'en chasser, il cligna très fort des yeux puis s'asséna une gifle cuisante, mais Grandpré restait obstinément accroché dans le miroir, imitant chacun de ses gestes, l'observant avec une stupéfaction non moindre que la sienne. Bilodo en vint à l'évidente conclusion qu'il était devenu fou. Puis certains détails de la physionomie de l'occupant de la glace mobilisèrent son attention, l'amenant à reconsidérer ce jugement peut-être hâtif. Ce n'était pas tout à fait Grandpré. Ces yeux verts étaient ceux de Bilodo et non ceux, bleus, du défunt, tout comme ces sourcils d'ailleurs, plus fins, moins touffus que ceux de Grandpré, et ce nez légèrement épaté, et cette lèvre inférieure nettement moins charnue... Se reconnaissant peu à peu au creux du visage de l'autre, Bilodo admit qu'il ne rêvait pas ni n'avait sombré dans la psychose, et que ce type en face, c'était bien lui, quoique transformé de manière presque incroyable.

Faisant un puissant effort de rationalisation, il comprit que ce qu'il observait dans la glace était le résultat de plusieurs mois d'omission hygiénique. Absorbé par son aventure poétique, il avait totalement oublié de s'occuper de sa personne, négligeant les soins corporels les plus élémentaires, et ne se donnant même pas la peine de se regarder dans le miroir, au point d'en arriver à ça : ce choc visuel, ce portrait décadent de lui-même. Mais le hasard seul pouvait-il expliquer un tel degré de similitude avec Grandpré ? Celle-ci ne provenait-elle pas plutôt d'une volonté inconsciente de s'identifier à son prédécesseur ? Bilodo pouvait-il avoir tellement voulu se prendre pour Grandpré qu'il avait fini par s'en rapprocher physiquement au point qu'on puisse les confondre ? L'illusion était saisissante, en tout cas : avec cette barbe de plusieurs mois et cette tignasse hirsute que n'avait pas fréquentée le peigne depuis aussi longtemps, et drapé dans ce kimono, il ressemblait de manière frappante au défunt. Pas étonnant que Tania ait paru si surprise de le voir ainsi : pendant un instant, elle avait sans doute cru voir apparaître le fantôme de Grandpré.

Décidant de s'attaquer sur-le-champ à cette barbe drue qui couvrait ses joues, Bilodo mit l'eau chaude à couler et sortit son rasoir, mais son geste demeura suspendu. Une idée venait de surgir : si Tania avait pu s'y laisser prendre, elle qui pourtant avait bien connu le défunt, et si Bilodo lui-même avait pu y croire pendant un moment, pourquoi pas quelqu'un qui n'avait jamais vu Grandpré qu'en photo ?

Bilodo déposa son rasoir, transfiguré. L'automne ne devenait-il pas possible tout à coup ?

Ne devait-il pas saisir cette chance unique d'accueillir Ségolène ? Ne désirait-il pas communier avec elle par la chair autant que par les mots ? Ne voulait-il pas l'aimer autrement qu'en songe, fût-ce dans la peau d'un autre, l'aimer réellement comme elle le méritait, comme ils le méritaient tous deux, et commencer enfin à vivre pour vrai ?

Pouvait-il ignorer une si merveilleuse occasion de renverser le sort ? En avait-il le droit ?

Que faisait-il là à hésiter encore? Qu'attendait-il pour l'inviter à venir vivre en sa compagnie le glorieux automne canadien dont elle rêvait?

❏

> Volez vers l'automne
> il n'attend que vous
> pour déployer ses couleurs

Dans son euphorie, Bilodo se voyait déjà à l'aéroport, accueillant la Guadeloupéenne alors que timide elle paraissait à la porte des arrivées, et s'imaginait roulant avec elle, cheveux au vent au sein d'un magnifique automne de carte postale. Déjà il savourait leur premier baiser, anticipait la chaleur de la première étreinte, s'égarait parmi les cheveux d'aube répandus de Ségolène. Mais pour que puissent prendre corps ces merveilleuses visions, il fallait d'abord poster le haïku.

Bilodo venait juste d'apposer un timbre sur l'enveloppe lorsque le ciel gronda au-dehors. Le tonnerre. Après avoir menacé toute la matinée, l'orage éclatait enfin; ses premières gouttes grasses percutaient la vitre du salon. N'allant pas permettre que le mauvais temps empêche l'expédition de son poème, Bilodo attrapa un parapluie et sortit. Alors qu'il se trouvait encore sur le balcon, un éclair photographia la rue, immédiatement suivi par un craquement retentissant, et l'averse prit tout à coup des allures de mousson. De l'autre côté de la rue, à travers le rideau aqueux, il entrevit une camionnette des Postes. Était-ce déjà l'heure de levée du courrier? Il fallait le croire, puisque Robert était là, se dépêchant de transférer le contenu de la boîte dans un sac sous la pluie battante. Bilodo hésita. La présence du préposé le contrariait. Il n'avait pas reparlé à Robert depuis les incidents du printemps et n'avait aucune envie de subir ses sarcasmes. D'ailleurs, Robert n'était pas seul ; il y avait à son côté un facteur, celui sans doute qui remplaçait Bilodo dans le quartier, un type qu'il ne connaissait pas, qu'il n'avait même jamais vu, mais dont il commençait à se méfier ces derniers temps, car il le soupçonnait d'avoir tenté d'ouvrir certaines lettres de Ségolène.

Il pleuvait maintenant à boire debout. Pressé de se mettre au sec, Robert referma la boîte postale et balança le sac dans la camionnette. Il allait partir d'un instant à l'autre. Le désir de poster son haïku l'emportant sur toute autre considération, Bilodo se résigna à marcher sur son orgueil et lança un grand cri afin d'attirer l'attention du préposé. Celui-ci se retourna, l'aperçut. Brandissant sa lettre, Bilodo dévala les marches et s'élança dans la rue inondée. L'autre type, le facteur, se mit à gesticuler, cria à son intention quelque chose d'indistinct, puis il y eut un coup de klaxon déchirant, et ce fut le choc.

Le monde voltigea autour de Bilodo, et cela se passa au ralenti, comme dans un rêve. Il tournoya dans l'espace, se demandant ce qui lui arrivait, puis il y eut un second choc, et le monde redevint stable, pesant, et dur sous son dos. Le ciel fulgurait et tonnait, lui bombardait les yeux de pluie. Il tenta de bouger, mais s'en trouva incapable, et s'aperçut qu'il avait affreusement mal. Une silhouette s'interposa entre l'orage et lui. Un visage familier, celui de Robert. Puis apparut un second visage, celui du facteur, également familier mais pour une tout autre raison : c'était le sien. Le facteur portait son visage d'ancien Bilodo, le Bilodo d'avant la métamorphose, ce Bilodo aux joues glabres et au regard clair qu'il avait été autrefois.

C'était lui-même, le « lui » d'avant, qui le regardait de là-haut.

Vingt-trois

Comment pouvait-il se trouver étendu sur l'asphalte mouillé et en même temps là-haut, s'observant lui-même ? Par quelle sorcellerie ? Bilodo voulait désespérément comprendre avant qu'il soit trop tard, et la réponse lui fut suggérée comme par une voix intérieure chuchotant les mots du haïku qui inaugurait et concluait le recueil de Grandpré :

> Tourbillonnant comme l'eau
> contre le rocher
> le temps fait des boucles

C'était exactement ce qui était en train de se produire. Le passé se répétait. C'était un mauvais tour que lui jouait le temps. Tourbillonnant contre ce rocher planté au fil du courant qu'était le moment de l'agonie de Grandpré, le temps s'était trouvé coincé comme dans un remous, formant une boucle dont Bilodo était prisonnier.

Grandpré l'avait-il pressenti ? Avait-il su en l'écrivant que son haïku était prophétique ?

Une vie en forme de boucle. Bilodo s'était échoué sur les hauts-fonds du temps. C'était d'une si monumentale, si magnifique absurdité qu'il ne put qu'en rire malgré la douleur accablante. Il rit, avalant l'averse, et plus il riait, plus il trouvait ça drôle. Puis sa gorge se noua et son rire s'éteignit. Ça n'avait rien de réjouissant au fond. C'était même tragique : après tout, il mourait, sans aucune consolation, sans même le réconfort de savoir que sa mort serait une libération, car il suffisait de voir l'autre Bilodo, de voir ce regard acéré qu'il dirigeait vers la lettre entre ses doigts pour comprendre que le film n'allait pas s'arrêter là, que son tour viendrait et que la boucle se perpétuerait, l'entraînant lui aussi vers sa propre fin, puis celui qui viendrait ensuite, et l'autre encore qui lui succéderait, et ainsi à jamais. C'était aussi cruel que ça : Bilodo était condamné à une mort éternellement répétée, et rien ne pouvait conjurer cette malédiction. Sauf peut-être…

Retenir la lettre ? L'empêcher de glisser dans le caniveau ? La retenir assez longtemps pour que l'Autre s'en empare, et la lise sans doute, et décide peut-être de la poster, aiguillant ainsi sa vie sur une autre voie du temps, et alors qui pouvait savoir ? La boucle ne serait-elle pas dénouée, et la damnation désamorcée ? Râlliant ses dernières forces, il les canalisa vers les doigts de sa main droite, qui enserrèrent un peu plus étroitement la lettre. Il ferma les yeux pour mieux concentrer sa volonté, et sur l'écran de ses paupières closes apparut une image insolite : un cercle rouge ou, plutôt, une roue de feu qui tournait sur elle-même.

Toujours la boucle maudite. Le serpent mordait sa queue. Le temps se cannibalisait lui-même.

Ressurgirent tout à coup à la surface de la mémoire de Bilodo ces paroles obscures, ces mots ultimes que Grandpré avait bredouillés juste avant d'expirer : « en dessous », avait-il cru entendre. Il n'avait pas compris alors de quoi il s'agissait, mais le savait maintenant avec une éblouissante certitude :

— … *Enso*, râla-t-il alors que le désertaient les derniers effluves de sa vie.

Table